短編 短歌

Short Stories & Tanka
by
Koichiro Kuwahara

短編——短歌

短編

流れのままに　…………　4
女はみんな嘘をつく　…………　78
ＡＫＡＮＥ　茜　……　136

短歌　日々の響……214
独り
夏
秋
冬
春
恋
シブヤ
シンジュク
宙

流れのままに

わたしはわが家の庭に植えられた花卉以外は、植物の名前をあまり知らない。通りすがった木の名前を何だろうと思うことはあっても、調べることまではしなかった。最近、そのことが無闇と気になる。年齢のせいか、草木を眺め、足元の自然に関心が向く。空を見上げることも多くなった。だからか、目の前の木や花の名前を知らないままでいることに居心地が悪く感じはじめた。昔から知人だと思っていた人物を、実は名前を知らないままでいたような感覚だ。公園の植物、花壇の花、街路の並木、誰もが知っている名前なのだろうが、わたしは知らない。そのことが、ますますわたしを落ち着かなくさせる。

先日、楡の木を知った。近くの公園の大木を美しいと思い、すぐにネットで調べた。ああ、これが楡の木なのかと、少し得をした気分になった。得をしたというより、これまで空いたままの隙間が埋まったような満足感があった。そういえば、アルチュール・ランボーは実際の草木は知らなくとも、詩にその名を綴ったという。知らない植物の名前から、詩人はどんなイメージを描いていたのかと想像もする。実体を知らず語感だけで綴られた詩句は、読者の中で初めて花開く。

ランボーは共感覚の持ち主だったと思う。

わたしたちの五感はもともと肉体で一つに結ばれていたはずだ。宇宙を構成する四つの力のように。

いつしか、それぞれの感覚が言葉を持ったために、それぞれに主張をしはじめた。しかし、詩人は感覚を支える感覚を見つめたのだろう。だから、ランボーの中では、花の名の響きは五感を通して様々に響き合ったと考えると、楽しくなる。アートが担う役割の一つが、この感覚の統合にあるだろうし、今日、ＡＩを駆使したヴァーチャルアートは、明らかにそこへ向かっているように思われる。

わたしは共感覚を朧げにしか感じられない。だから、少なくとも花卉や樹木など身近なものの名を知ること、見過ごすことなく、それぞれが持つ物語をおぼえることに時間を費やしたいと考えた。

この季節になると広葉樹は紅葉《もみじ》するため樹々の違いが区別しやすくなる。かつて小学校の校庭にあったので、珍しくその難しい名前を覚えた木がある。メタセコイヤ、紅葉すると巨大な炎のように赤く燃え上がる円錐形をした大樹だった。描きやすさもあって美術の写生の対象として選ばれたものだった。

その日、授業に飽きてぼんやりと晩秋の校庭を眺めていた。大樹の炎が並んでいた。入学して以来、何年も眺めていた木だったが、その時に初めて気づいたような強烈な印象を受けた。メタセコイヤの、木としての存在を初めて意識した。そんな頃だったと思う。美術担当の教師から、メタセコイヤの由来を習った。第三紀という古代の地層から日本人の三木博士により化石として発見されたメタセコイヤだったが、戦後中国で現存するメタセコイヤが発見された。皇室がその挿し木と種子を譲り受けて日本全国に広げたのだという。確かに、針葉樹でも広葉樹でもないシダのような葉形をしており、その大きさからも古代の樹木であることをうかがわせる。あの炎のような樹々は、いまも校庭で赤々と紅葉しているのだろうか。

ちなみに第三紀という名称は、わたしの小学校が第三小学校だったこと、そして三木博士の三とのつながりで覚えていた。

メタセコイヤが見える教室の窓際の席に、伊藤すずこが座っていた。ひょろりと背の高い大人しい子供だった。母親が旅館の仲居をしているらしく、その年の春に転校してきた。彼女と母親が住み込んでいる旅館が、わが家の近くにあった。毎日のように宴会が催されていた古い割烹旅館だった。彼女が風邪をひいて休んだ日の放課後、担任から頼まれて宿題のプリントと給食のパンを持って行った。旅館の門をくぐって、打ち水をした石畳を通り、誰もいない正面玄関に入った。待ち構えるように何足ものスリッパが並べられた広い空間に、理由もなく怯えてしまう。不安に駆られて奥の闇へ「すみません」と叫んだ。着物姿の老女が応対に出て来た。要件を告げると、すずこの部屋まで案内してくれた。いま考えると建て増しで迷路のようになったのだろう、幾つもの廊下を進み、中庭に面した六畳くらいの部屋へと通された。先を歩く老女の着物の背が、昆虫の薄羽のように光っていたことを思い出す。かつては商人宿を兼ねていたらしく、何部屋か並んだ一人客用の部屋には、派手な襖や床の間まであった。床の間には机が置かれて、すずこの教科書や母親のものらしき化粧品が並んでいた。

すずこの母はすずこへの来客を珍しがり、旅館の厨房に頼んで紅茶とケーキを出してくれた。パジャマ姿のすずこと枕元の小机で一緒に食べた。「旅館にいると、こんなおやつが食べれていいね」といったら「お母さんとイタチョウさんが仲良しだから」と返事された。空咳の残るすずこは、膝に乗せた黒猫を撫でていた。

食べ終わると、陽射しが落ちたせいか、部屋の翳りに落ち着きをなくした。すずこと二人きりで部屋にいることを意識しはじめた。だからか、早々にいとまを告げた。すずこは「そう」といって立ち上がり、廊下に出ると、抱えていた黒猫を中庭に放り投げた。黒猫は完璧な姿勢で一回転をするとビロードのように美しい苔の上にふわりと降り立った。一瞬、時間と風景がその黒猫に凝縮した。黒猫は苔の緑をゆっくりと楓の木立ちの方へ歩んで行く。黒猫が消えると、すずこはその一回転をわたしにみせたかったのだろう、はにかむように微笑んだ。わたしはその時に、完璧なものが在ることを知った。そして、完璧なものはたちまち消え去るものだと知った。つまり、完璧なものは記憶の中にしかない。

その夜は体がほてり、寝付けなかった。時計の音だけが重く響く部屋で、布団に入ったまま暗い天井に向かって「すずこ」と小さく呼んでみた。胸の奥が急に騒がしくなった。

伊藤すずこは翌年の秋、転校していなくなった。すずこの席は冬休みまで空席のままだったので、紅葉するメタセコイヤがよく見えた。

卒業して以来、その校庭をいちども訪ねたことがない。

段丘を切り開いた坂を下りると小さな疏水にぶつかる。流れに寄り添うように小道が続いている。疏水にかかる小橋を渡って向こうの公園へ入っても良いのだが、今日は川沿いの小道を行くことにした。いつもは学生たちが道幅一杯を使いジョギングをしている。狭い小道なので、走ってくるグループをいちいち避けなければならない。それが面倒で、大概は公園行きの道を選ぶことにしていた。

小橋に差しかかった時だった。向こうの公園を散歩する道筋が一挙に脳裏に浮かんだ。幾つもの蛇口が並んだ無人のキャンプ場、誰かが壁打ちしているテニスの練習スペース、しりとりの順に絵柄が埋め込まれたレンガ道。物語の結末を知ってしまったように、急に、その道筋がつまらなく思えてきた。だから、小橋を渡らず小川沿いの道を選んだ。いつもより早い時間だからか、走る学生たちを見かけなかったことも理由の一つだ。一昨日の雨のせいで疎水の水嵩は増していた。その分流れに勢いもあり、午後の光を取り込むようにきらめき、軽やかに水音を響かせていた。

道端の下生えを覗き込むように歩いてくる少女と出会った。探し物だろうか。どうしたの、と尋ねてみた。彼女がはっと驚いて顔をあげると、少女ではなく二十歳前後の女性だとわかった。顔を伏せており、ジャージ姿の背格好だけで判断してしまったからだ。大人の女性に声をかけたことが少しばかり恥ずかしくなった。そんなわたしの気持ちを察したように、女性は微笑むと「落し物をしてしまって」といった。先ほどここを走った折に足首に付けたミサンガを落としてしまったという。ミサンガが自然に切れたのなら幸運の印のはずだ。そのようにいうと、その幸運の印を持っておきたくて探しているといった。「じゃあ、見つかったらダブルでラッキーだね」と返したら、「そおなんです」と顔を輝かせた。

彼女の笑顔から美奈子を思い出した。美奈子は微笑みながら「いいお別れだった」といった。彼女の微笑みから父の死を悼む慎みが感じ取れた。奈美子らしい配慮だと思った。葬儀でとる表情のあり方は難しい。

彼女とは丸三年は会っていなかった。痩せたねというと、喪服のせいよと答えた。

死んだ父の意向によって告別式も通夜もしなかった。お経も、花輪も不要だ。できるだけ早く灰にしてくれと望んだので、遺体を一夜だけわが家に引き取って、翌日には火葬場へ向かった。火葬する間の控え室で、参列した一人一人が立って父への思い出を述べた。美奈子は、小橋を渡った公園で、父と犬のチロと一緒に花見をした思い出を語った。満開の桜の下で父から俳句をつくろうといわれたらしい。初耳だったが、美奈子との散歩のつど、父は俳句の手ほどきをしたそうだ。歩きながら、交互に俳句を詠んでいく。会話のように楽しめたといった。

花見の時の美奈子が詠んだ句は「愛犬の鼻にひとひら桜花」で、父の句が「振り向けば花散る速さに時を知る」だった。その句を聞きながら、葬儀の酒に少し酔ったわたしの中で、花吹雪がひっそりと舞った。

美奈子は白いハンカチをしっかりと握って話した。

「お父様の訃報を聞いて、涙が止まりませんでした。お父様と過ごした時間がしっかりとわたしの中に息づいているから、悲しくて泣いたのです。涙は、お父様との記憶を育てるための水やりなのだと思うことにしました。だから、これからも時々、お父様を思い出して涙を流します」

父はよく地球儀をぼんやりと眺めていた。父が行ったことのある都市に印を付けてある地球儀だった。国境は変化するけど都市の位置は変わらないといっていた。六十年代に購入したものだったので、ロシアはまだソビエト連邦になっていた。

父の葬儀の時に地球儀の球だけをはずして棺に入れた。花々に埋もれた地球は神に抱かれた小さな惑星のように見えた。

緩和ケアを受けながら、父は辞世にあたって参列してほしい人物の名をリストにしていた。そのリストに美奈子の名があった。父はわたしにその参列者名簿を手渡し、気にくわないやつに来てほしくないから書いたといった。位牌は無用だし、散骨してもらえればいいのだが、それも面倒だろうから骨壺は高尾の墓に入れておいてくれと付け加えた。もちろん、戒名なんかは欲しくないし、墓碑には俺の名前を彫ってくれればいいともいった。

火葬した翌週にわたしは骨壷を石材屋が開けた墓に自ら納めた。骨壺の一番上に置いてあった第二頸椎である喉仏だけは、わたしが貰った。東急ハンズでフィギュア一体を飾るための小さなアクリルのケースを購入し、父の喉仏を入れて本棚に飾った。父が好きだったアンリ・マチスの画集の前に置いた。

わたしは死後の世界も霊も信じないが、父の喉仏とは言葉を交わす。

「今日は夕方から雨になるらしい」

「傘を持っていくか迷うところだな」

「折りたたみを鞄に入れていくよ」

「お前のそんな用心深いところは母さん譲りだ、俺じゃあない」

小道はいつしか疏水と別れ、つま先あがりになって、天文台の森あたりまで緩やかな勾配が続いていく。このあたりの森にはハクビシンが野生化して棲んでいると誰かから聞いたことがあった。近くの中学校で育てていたトマトを一つ残らず食べられたそうだ。わたしは、ハクビシンと聞いた時にまっ白な狐を想像していた。ハクビのビを尾だと思っていたからだ。同時に白眉という言葉も重なって、尾の大きな美しい白狐を思い描いていた。先日、新聞で野生化したハクビシンという記事があり、捕獲された写真が掲載されていた。ハクビのビは鼻だった。見ると鼻筋が白いだけの狸だったので、少しがっかりしたことを覚えている。名と体のズレがある動物や植物は多い。その点、楡の木は、名は体をきちんと表していると思う。

病床で父は、やり残したことは多いが、多いくらいのほうが死を有り難く感じるといった。わたしは、それは死に対して抵抗を感じること、つまり生きることへの拘泥をいっているのかと尋ねた。いや、そんなに難しいことではなく、いわば生と死にメリハリがつくという意味くらいかなと返事してきた。そのことを美奈子にいうと、「お父さまらしい」と笑った。

美奈子の耳朶は薄く光の中では桜貝のようだ、と感じたことがあった、ことを思い出した。

森に入ると道は平坦になり空気が少し冷たくなった。上りで粗くなった息が落ち着いたせいか、梢のそよぎ、小鳥の声も聞こえる。川端康成の小説「山の音」に対して「森の音」もその通底音としてはあるのではと思った。同時に、山の音も森の音も記憶の中で響くのか、と考える。現世が常世と共鳴する音、過去と未来が呼び交う音。たとえば、垂直に跳ねるような鼓を打つ音、黄昏につれて広がる鐘の音。それらはこの世界から滲み出して何れかへ向かう。音は時間そのものだ。音楽は時間から空間へ広がるからこそ、わたしたちを魅了する。量子力学のヒモ理論では量子は一次元の揺れだという。その揺れの違いが量子の違いとなる。果たして、その揺れは音を発しているのか。揺れである以上、音を発していると想像してみる。となれば、時空は音で満ちていることになる。

子供の頃、父はわたしに若竹を使って水笛を作ってくれた。年を経て乾いた竹よりも、この春に生えたばかりの若竹のほうが小鳥の声に近い音が鳴るそうだ。父の研究室から持ってきた細いガラス管をガスバーナーの青い火で細く伸ばし、曲げて穴を開けたものを竹筒と組み合わせる。若竹とガラス管の組み合わせは儚く美しい造形を生み、少年のわたしを魅了した。肝心の音色は水を潜《くぐ》って柔らかく鼓膜を揶揄うように響いた。少しずつ音程を変えた三つの水笛が、いま父の喉仏の上の段に飾ってある。デビッド・ホックニーの大きな画集の前だ。青いプールで泳ぐ男と、それをプールサイドで見つめる恋人の男を描いた、あの絵を表紙にした画集だった。描かれた水紋の同心円を見つめていると、男が飛び込んだ水音が染み出してくるようだった。その連想は芭蕉の古池の句につながり、わたしの耳に蛙の水音が永遠に残っていく。

足元を何かが過ぎった。ハクビシンかと驚いた。走る影を追うと一匹の黒猫だった。小鳥でも狙っているのか、草叢でふうっと停止して身構えた。一拍もおかずに走り出し、一本の木に駆け登った。ネコ科特有のしなやかに躍り動く筋肉に魅了された。疏水の流れ、羽虫の飛翔、猫の跳躍、すずこの記憶、わたしを取り巻く美しいものそれぞれが、ひと繋がりに結ばれた。その一連は、小川が合流し大河になるようにどこかで一つの大きな規則に取り込まれ、あの父の死にまで結びついているのだろうと考えた。それは歯車のイメージではなく、河から海へとつながるイメージ。父の死は一つの感動の終焉。だが、宇宙は休むことなく拡散していく。宇宙の果ては光よりも速く広がっているという。光よりも速いので、誰にも見られることはない。死も拡散するのか。光よりも速く拡散するので、死は誰にも見られることはない。

猫が登った木の枝にモズが「はやにえ」を刺していた。美奈子は、はやにえを知らなかった。散歩の途中に、見つけた干からびたカエルの死体を恐々と凝視して、何のためにモズはあのような残酷な誇示をするのかと、訊いた。わたしは、色々といわれてはいるが、遊びではないか、と答えた。猫も、自分が獲った小動物や昆虫を家に運び込み、飼い主に見せたりする。あれも猫の遊びではないかといった。鳥の求愛ダンスや、蝶の羽の多彩な文様、花の色の多様さもすべて自然の遊びの結果だと思う、といった。世界を形づくるクオークは6種類、元素は118種類しかない。機能だけを考えるなら、花にあれほどの色彩はいらない。そもそも花は生物として、あれほどの種類を必要としているのか。多様性は偶然を生み、偶然が多様性をつくる。偶然とは確率の遊びなのか。

存在には、遊びの要素が必ずある。なんのためか、わたしたちには到底理解できない遊びがある。そもそも「何のため」なんて考えること自体が、人間の理解の限界なのだろうが。

美奈子は「自然の色彩の多様性から考えると、人間がこさえる絵の具の色なんて、ほんの一部でしかないわ」といった。わたしは「人間の言葉全部を使っても、世界のほんの一部しか翻れない」と付け加えた。

「でもね、ほんの一つ、小さな穴が開いたら、そのピンホールで世界を映すことができるの」と美奈子がいった。

あの時はまだ、美奈子から神という言葉は出なかった。

父から教わったものは山ほどあるが、わたしにはそれを伝える者がいない。

サッカーボールをキックする瞬間、軸足の踵を少し沈めるように膝を加減するとボールに重さも速さも加わることを教わった。中学三年生の夏、暑い駐車場で、何度も何度もコンクリートの壁をゴールに見立てて蹴り続けた。壁に当たるボールの音が、まだ鼓膜の奥に響いている。

小学四年の春、父の妻でありわたしの母である女性が亡くなった。葬儀のための白いワイシャツを父と駅前へ買いにいった。母が残した姿見の前で、ニットの黒いネクタイを選んで、結び方を教えて貰った。それが、父から学んだ最初のこと。

父は再婚をしなかったが、わたしが中学を卒業した頃、中村さんという名の女性と交際していると告げられた。父の研究室にいた女性だった。彼女と父とは同じ俳句の会に通っていた。以来、時々うちに遊びに来て、料理をしてくれた。何の記念だったか忘れたが、父と中村さんでうちの庭に木瓜の木を植えたことがある。今では大きく枝を広げ白い花を咲かせている。父から木瓜には花芽と葉芽があり、葉芽を幾つか残して剪定することを教わった。父はわたしに庭の草木一本一本の剪定方法を教え込んだ。晩秋の晴れた日を選んで、早朝から二人で庭の木々の枝を落として雑草を抜いた。前夜の天気予報を見て、父が「明日は庭の散髪をしよう」というのを心待ちにしていたことを思い出す。当日、庭の剪定が済むと、駅前の魚正から取り寄せた刺身を並べ、買い置いてあった日本酒の封を切った。風呂上がりの縁側で、陰影を際立たせた散髪したての木々を眺めながら、父は杯を重ねた。わたしは白いご飯に厚切りの刺身を乗せて海苔で巻いて食べた。それが、あの頃のわたしの一番のご馳走だった。日が落ちて空気が冷えると、父は火鉢に火を入れて、鉄瓶を沸かして燗にしたり、金網の上で目刺しやスルメを焼いたこともあった。熱々に焼いたスルメはほんとうに美味かった。マヨネーズを付けたものに、少しだけと父が指先でひょうたん型の筒を叩いて七味をかけてくれた。そういえば、火鉢も鉄瓶も、父が好きだったブルーフレームのストーブも物置に入れっぱなしだ。

あの頃、わたしは父と同じ風景を見て、同じものを食べ、同じため息を洩らした。父は、わたしの父であり続けてくれた。父との記憶がその庭に閉じ込められたように、父から教わった植物の知識も庭の範囲を出ることはなかった。以来、わたしの中で植物の名が増えることはなかった。

父の葬式に中村さんは現れなかった。連絡はしたのだが、弔電が届き「カナシスギテ　シキハゴブレイシマス」と追伸がしたためてあった。

森を抜けると再び疎水と出会った。疎水を眺めるように配されたベンチに腰をかけて、肩から下げたポットの蓋を開けた。熱いコーヒーを一口飲んだ。香りを口蓋いっぱいにふくらませ、褐色の液体が喉を落ちていくのがわかった。風景が心なしか明るく見えた。

父は死という不在を得て、わたしの中で日に日に存在感を深めてきた。

犬のチロは父を追うように死んだ。獣医には十六歳だから寿命ですねといわれた。獣医にチロの火葬を頼んで家に戻り、庭の花を摘んでチロの小屋に手向けた。パソコンにあったチロの写真を探し出し、証明写真ほどのサイズにプリントして、クリップを写真立て代わりに父の骨の傍に飾った。父の喉仏とチロの写真、三つの水笛は、何十年も前からそこに在ったように仲良く見えた。語りかけるものが、次第に増えていった。それが、歳をとるということなのか。

忘れられない夢がある。小学校の階段を埋めるように隙間なく生徒が座っている。わたしが座るスペースは見つからない。皆それぞれにお喋りしているが内容はわからない。少し詰めてわたしを座らせてくれと頼んでも、お喋りに夢中なのか誰も聞いてくれない。そのうちに上の階へ行く用事を思い出す。先生に言いつかって理科室に行かなければならない。そのことを皆に告げたなら、わたしが通る隙間をつくってくれるだろう。そう思うのだが、お喋りの輪に割って入ることがどうしてもできない。踊り場の明り採りから漏れる陽射しがゆっくりと移動して時間が経過していく。焦るのだけど、誰も聞いてくれない。生徒たちの中にすずこの横顔が見える。すずこはかなり上の段に座っているが、わたしに気づいているのか、ちらりとこちらへ顔を向ける。叫んでいるわたしを見て、何だろうという表情をする。生徒たちのお喋りに邪魔されて、わたしの声はすずこに届くことはない。そんな夢だ。

疎水の陽だまりに、二羽の鴨が並んで浮かび水面をつついていた。一羽が身を震わせると、片方も倣う。それぞれの水滴が散り、それぞれの光を撹拌する。目を細めて眺めると、鴨の頭頂の緑に水滴が弾かれる一瞬を見て取れた。傍で、葉が風に落ちる、踊るように左右に揺れて落ちる。美奈子はこうした自然の動きの一つ一つが奇跡であり、神の恩恵なのだといった。美は神と共有できる唯一の真価だという。わたしはそれらの美は認めたが、神という存在に同意できなかった。人間の行為すべて、それがたとえ悪意からなされたものでも、奇跡なのか、神の恩恵なのかと尋ねた。美奈子はそうだといった。悪行もいずれは善行と結びつく。しかし、悪行を受けた被害者はそうは感じないだろうと、わたしはいった。美奈子は、傷はいずれ癒えるものだと返事した。癒える時、許す時、神はその存在を示す。

美奈子は美大を出て、油絵と版画を描いていた。風景を描く度に感じるの、自然がこんなにも美しいのは奇跡だと思うといった。花の色彩、虫の造形、雲の流れを見ても、人間には創造できない美しさだ。わたしたち絵描きはそれを真似るだけだ。美奈子の言葉は、わたしの中で得体の知れない違和感を残した。自然を見つめ、その感動をありのままに受け止めるのは良い。ただ、人間は自然の一部であるが、言葉を持ってしまった故に自然の仲間ではなくなった。わたしたちは言葉というフィルターを通してしか、世界を理解できない。誰の言葉か忘れたが、耐えがたいものの中にこそ真実を見ずにはいられない。人間とはそういう存在なのだ。人間が自然をありのままに受け入れるとしたら、ありのままの自然に美はない。美も、奇跡も、恩寵も、人間がつくった言葉なのだ。人間がつくった言葉に過ぎない。人間の言葉の中に自然はおらず、神はいない。

神は不在だとわたしがいうと、神は不在という存在を示しているのだと美奈子は答えた。

一葉の紅葉《もみじ》が風に揺られ裏表を繰り返し見せながら地に落ちる。今、落ちた紅葉が地に落ちて表を見せるか裏を見せるかは偶然でしかない。そんな偶然がつくり出した紅葉の絨毯を、わたしたちは間違いなく美しいと感じる。だが、その紅葉の絨毯が見せる裏表の確率はおおよそ計れると思うし、その確率を生み出すものを、わたしは神と認めたくない。神がサイコロを振らないことに同意する。黄金比のように、美と確率はどこかで繫がっている。

美奈子はリンゴを薄く切ったサラダを好んだ。酸味の強い紅玉やヒメリンゴが店頭に並ぶ頃は毎日のようにリンゴサラダが食卓に出された。美奈子はリンゴのスライスを一枚ずつ摘んで齧った。あの頃、わたしは白く小さな歯でリンゴを齧る美奈子を愛おしく思った。が、神を語る時の美奈子には苛立ちさえ感じ始めていた。

やがて、神はリンゴを超えてしまう。神を信じる美奈子に苛立つようになってしまった。二人に明らかな距離が生まれた。そんな折、美奈子は文科省が支援するスカラーシップの権利を得て、イタリアへ旅立った。それを機に、わたしたちの生活は三年半で終わった。父という不在の存在を引き受けた今であれば、わたしは奈美子を受け入れることができたのだろうか。美奈子と別れると父に告げた時、父は残念だなと一言だけいった。

わたしはベンチから立ち上がり再び疎水に沿って歩きはじめた。人には立ち止まって考えるタイプと歩きながら考えるタイプの二通りがあるように思う。ある数学者は風景の変化が閃きになったと述懐している。哲学の道があるように、同じ道を同じ速度で歩いていくことが思考を深めるといった哲学者もいる。歩行が思考を深めることはわかる。しかし、創作は立ち止まっての作業ではないか。そうであれば、山頭火は歩きながら句を詠んだのか。たぶん、とわたしは思う。歩いていても彼の頭の中は立ち止まっていたのではないか、と歩きながら考えた。歩きながら、立ち止まった風景を思い起こす。その二律背反が創作なのかもしれない。時は流れ、風景が止まり、一句が生まれる。

「俳句ってミニマルアートよね」と美奈子はいった。ミニマルアートとは、絵画や彫刻から装飾的、物語的、説明的な部分、すなわち言語に置き換えられる要素をできるだけ削ぎ落とし、シンプルに形と色のみで表現する手法で、抽象表現をさらに純化させた芸術をいう。ミニマルアートは、それ以前のデ・クーニングやポロックのアクションペインティングから従来の人的要素を捨て去り、色彩や構成など視覚的要素のみを抽出したような作品だ。その代表的なステラの作品は作家の意図は見えてくるが、ほとんど人間を感じさせない。ある意味、いわゆる神の領域に入ってしまった絵画だと思った。その分、ポロックなどに覚える高揚感はなく、退屈な感想しかなかった。美奈子がミニマルアートに興味を惹かれるのは、そうした意味からだろう。

美術館で巨大なステラやロスコの色面に対峙していると、余計な感想は飛来しない。想像することを拒否されるようで、その作品領域だけで完結してしまう。視線を通してゆっくりと沈殿するものがあるのだが、それが何かはわからないし、記憶に残らない。そのように美奈子へ話したことがある。

「あなたはつくづく言葉の中に囚われているのよ、たまには、そこから出てらっしゃい」と笑って返事された。

確かに、ミニマルアートと俳句とは共通するものがある。思考を捨て去り、風景に落ち着く俳句。自然表現としての、簡潔な言葉の関係性のみが俳句なのだろう。ミニマルアートも俳句も、ある制度を強いる。不易流行とは、芭蕉が俳句の精神として荘子から借りた言葉だ。普遍と変化、永遠と一瞬の対比をいう。相対を取り込み、そこだけで完結してしまう世界がある。そこに俳句やミニマルアートの独善性を断じることは間違っているのか、そこに美奈子に感じた苛立ちを覚えるのは間違っているだろうか。

立ち止まり、疎水の流れを眺め、風のそよぎを首筋に感じる。これ以上のわたしでもなく、これ以下のわたしでもない、という落ち着きがそこにあった。安らぎとは世界をありのままに受け入れること、時の流れとともに呼吸すること。その気持ちをこぼさずに持ち続けることは難しい。

遠くで子供の声がした。四、五歳くらいの女の子が、赤い長靴を履き、小さな網を握って疎水の流れに入っていった。そこは、小さな杭で堰が設けてあり、流れが止まり、水面が穏やかになっている場所だ。あたりを川藻が覆っている。つば広の帽子を被った母親が川べりに蹲り、少女に声をかけた。少女は一瞬振り向き、また前進する。ゆっくりと足を持ち上げながら歩く。少女の足元で水面の光が長靴の赤に纏わりつくように煌めいた。母親のロングスカートと長い髪が風に揺らぐ。少女は水が跳ねるたびにさかんに歓声を上げていた。

自足している時間、自足している世界。命すべてが、深く、ゆっくりと呼吸しているように感じた。

カート・ヴォネガットは、一瞬が永遠だと書いた。時間とは、永遠に続く一瞬が連続したものだとした。疎水の中で遊ぶ少女を見つめていると、その言葉を信じることができる。父と縁側から見た風景、薄いリンゴをかじる美奈子、どちらもわたしという時間の中で永遠に持続していく。

そして、一瞬が永遠だとするなら、ここでわたしは何時までも少女を見つめ続けている。陽射しが注ぎ、風がそよぎ、少女は水遊びをする、永遠に。

お父様がおっしゃっていたの、と美奈子は話し始めた。

「わたしたちは、ほんのささいなことで、幸せになったり不幸になったりする。それって、ボウリングのボールを投げて、同じフォームで、同じステップを踏んでいるのに、手首のわずかなひねり一つでストライクになったりガターになったりするみたいなもの。つまり、手元からピンまでのわずかな距離や時間が知らぬ間に大きな変化をつくってしまう。気分が上がるか下がるかなんて、ほんの些細な気持ちの揺らぎ、バランスの違いでしかない。少しばかり気持ちをプラスに持っていくだけで、結構、幸せに浸ることができたりする。夕刻に見上げた空の茜色に感動しただけで、良い一日を終えることができたりする。そのちょっとした違いの調整が難しい。歳をとるって、そこらのコツが身につくことだし、不幸の受け止め方も上手になる。もしもガターになったとしても次がストライクであればというポジティブに考える姿勢なんかも会得したりできる」といったという。

美奈子は父に尋ねた。

「自分の気持ちをコントロールするって、自分との距離をつくれるようになることかしら」

「自分を客観視、客体化するというほどでもない。コントロールできるしなやかな筋肉を持てるくらいかな」と父が答えた。

「じゃあ、幸せって何かしら?」と美奈子はさらに訊いた。

お父さまはこう答えられたの、と美奈子は続けた。

「いま、この時を、自分の時として受け止めることができることの幸せ。次へと繋がる時間として受け止めること。持続する時間のなかに自分を置くことができることの幸せ」

先ほど、わたしは赤い長靴の女の子に永遠を見つけようとした。そうか、あれは父から自然と受け継がれた感性だったのかと思う。そう考えると、その分、少し幸福になった。

さらに、父は答えたという。

「世の中には不幸と幸福が同数あるような気がしないか? 誰かの不幸が誰かの幸福を保証している。いや数的には、不幸の方が少しだけ多いのかもしれないな。どんな賭けだって必ず胴元がいて、賭け金から自分の取り分をピンハネする。ルーレットでいえば00の部分。そんなふうに、わたしたちの幸不幸だって、神様が幸福のわずかな部分を自分の取り分としてピンハネしてるじゃないかと思う。ほら、不幸が多くないと神様の存在理由がなくなってしまうから」と笑ったという。

「世の中の人すべてが幸福だったら、神様は不要だということかしら」

「すべての人が幸福な状態こそが神の園でしょ。その時には、人は神の懐で神と同じ状態になっているはず」

「じゃあ、神様には幸不幸ってあるのかな？」

「どうかな、みんなが幸福になるように願っていることは確かだけれど」

「もし幸不幸がないのなら、神や仏になりたいとは思わないわよね」

それとね、と父が付け加えたという。

「こういっちゃ元も子もないのだが、幸も不幸も、そんなに違いはないと思うんだ。遥か遠方から眺めたら、ほとんど変わりやしない。たとえば、わたしが不治の病に罹ったとする。一般にはそれは不幸な出来事なのだが、幸福に変換することだって可能だ。死期が見えるという幸せを感じることだって出来る。幸不幸なんて区別することがおかしいのかもしれない。人は幸不幸を気にし過ぎると思うな」

幸と不幸のアンバランス、それをエントロピーの変化として捉えても良いのかもしれない。その変化がなければ物事は前進しないだろう。但し、そのエントロピーの概念さえ曖昧で、不確定性原理に捕えられた幻想でしかないのかもしれないのだが。そうはいっても、幸不幸が人を動かすことは事実だが、結果、そのことが幸せなことなのか不幸せなことなのかはわからない。

同年齢の女性の顔写真をできるだけ多く集め、輪郭、目、鼻、耳などの大きさや位置を平均し合成していくと、その年齢の理想とする美人像ができあがると、何かの書物で読んだことがある。美とは平均値なのかと考えた。美は曖昧だ。だから、人は平均の基準が欲しく、それを美と名付けたのか。であるなら、真善美すべてが平均値であり、いわば基準であるのか。大多数の人が認めるから、真実なのか。そう考えると、幸不幸でさえ確率のような気がする。

量子力学は確率で成り立っている。平均とは確率だと考えてみる。美としての平均値が中央で山のように盛り上がっているグラフを想像する。みんなが正しい、善だという点が盛り上がっているグラフを想像する。確率で成り立っている世界。確率が支配する大いなる流れ。わたしは、宇宙の誕生以来、量子から星辰の動きまでを司る大いなる流れの存在を想像する。太陽の位置を織り込みながら餌へ向から兵隊蟻、コンピュータ画面を参照しながら為替や株を売り買いするウォール街の男たちを想像する。ピンをめがけてボールを放す手首のひねりを想像する。すべてが関連し、連動し、同調しながら、息づいている。そのすべてが、大いなる流れのもとにあると考える。大いなる流れのもとに、真善美は、一つの確率として存在するのだろうか。

真善美とは言葉に過ぎない。確率としての言葉と考えると、真実とか倫理、美学ということ自体が何と危いものか。灯台、楡の木というほうが確固としている。少なくとも、わたしは、真善美というよりも、灯台と書くほうを好む。神よりも、楡の木と書くほうを好む。

わたしの十六歳、前へ進む蟹のようにぎこちない生き方をしていた頃だ。振り返れば赤面するような想い出しかない。自由と不自由の見境がつかなく、全力で駆けているつもりでも少しも進んでいなかった。何かに溺れたように悪あがきをするばかりの毎日、それは天啓のように訪れた。誰かの書物で、「思考は言葉でしか組み立てられない」と読んだ。思考というカオスから抜け出て初めて光をあびたような気持ちになったことを覚えている。溺れていた水域が足の届く場所だと知った安心感。なあんだ、そうだったのか。

思考を言葉というピッチの外から眺めることはできない。時間の中で時間を考える難しさに似ている。十六歳のわたしが男性という肉体で異性を思い描いていた、あの頼りなさに近い。思考が言葉である限り、物事を近似値でしか捉えられないと気づいた。思考を思い描くことは無意味だ。それでは、思考を言葉の持つ肌触りで補うことはできないのか、とも思った。思考する頭脳、頭脳を支える肉体。肌にふれたり汗をぬぐったりする実感が、思考という概念を補完する。言葉だけでの思考では、あまりに抽象すぎる。言葉を組み立てるが、読み手に肉付けを誘う何かが必要だろう。それが創作なのかと思う。たぶん、マラルメは否定するだろうが、今の年齢になって、この直感は正しいと信じる。歩行が思考ならば、停止は実感、すなわちリアル。歩行が実感ならば、停止は思考、すなわちイメージ。どちらかがどちらかを支え合う世界。その時あたりから、ひたすら文字を書き連ね、詩らしきもの、批評らしきものを綴ってきた。具体としても、隠喩としても、立ち止まり創作するためには、歩き回り思考するしかない。歩行を意識してしまうと立ち止まるしかない。だから、わたしは書き続け、歩き続けてきた。

足元を見ると、人為なのか、自生なのか判らないが、おしろい花が白いロート状の花を咲かせていた。小学生の頃に教室のプランターで栽培していたので、この花の名は知っている。担任の糀谷先生から、紋白蝶の口吻ではおしろい花の奥にある蜜を吸うことはできないが、スズメガの長いストロー状の口吻では可能だと教わった。そのことは、給食の時にヒデが牛乳のストローを咥えて両手をひらひらさせ「スズメガだあ」と真似ていたことで鮮明に記憶に残っていた。おしろい花は日が落ちてから咲く。

暗い間に咲くので、蝶ではなく娥の仲間であるスズメガが蜜を吸い、受粉を助ける。ただし、夜がふけると雄しべと雌しべはお互いに巻き込むように格納され、その際に受粉もできるので、本当はスズメガなどの昆虫を必要としないそうだ。余計なお世話であるスズメガの受粉、なんだか、おしろい花という名称からも夜の女の連想が成り立つ。スズメガの長い口吻はおしろい花の構造ゆえの進化なのか、偶然ゆえの関係なのか。

遠心力と引力が釣り合っているから地球は太陽を周回する。それって、神の手が、天秤の重しを調整するように、地球と太陽を丁度良い距離に離したわけではないよね、とわたしは美奈子にいったことがある。遠心力と引力の均衡なんて、事後に人間が合わせた理屈でしかない。このオレだって引力と筋力の均衡によって立っているという理屈と同じでしょと、わたしは付け加えた。そう、引力と筋力のバランスを保ち、そこに立ってわたしを見つめているあなたという奇跡、と美奈子はいった。そこに立ってわたしを愛してくれるあなた、という奇跡。しかし、奇跡は奇跡という言葉を乗り越えることはできない、とわたしはいう。奇跡が奇跡という言葉を乗り越えたことがあった、と美奈子はいう。奇跡は繰り返すの、とも美奈子はいった。繰り返すために、奇跡はつねに否定され続けねばならないの。

二羽の鴨が飛び立ち、少し離れた川面に降り立つ。降り立つ鴨の羽ばたきが川面の光を乱した。わたしの思考も、わずかに美奈子の記憶から離れ、揺れ動き、再び近づく。一緒に住み始めた頃、築地の龍野という料亭で、週一回ほどのペースで美奈子は料理を習っていた。旬の素材をもとに何品かつくっていくというコースだった。たとえば、冬瓜を汁と煮物と小鉢の三品に料理した。わが家で再現してくれた冬瓜の小鉢は秀逸だと思った。冬瓜をパパイヤのように細く削り、ナンプラーを加えたタイ風のサラダだった。美奈子は、料理を褒められると素直に喜んだ。美奈子の母親は料理下手で、いつも父親に謝ってばかりいたそうだ。それが記憶に残り、料理には自信を持てなかったという。美食家だった美奈子の父の遺伝子を貰ったのかもしれないといったら、体つきは母親似なんだけどと返事された。細い肩と手のひらを丸く伏せたような美奈子の乳房から彼女の母親を連想したら、少し恥ずかしくなった。

美奈子の瞳はわずかに斜視を示していた。彼女と見つめ合い、交わると、斜視が少し度を増した。わたしが美奈子を抱きしめゆっくりと彼女へ入って行く時、斜視の瞳を中心に、いつもの表情が少しずつ溶けていくようだった。彼女を形づくるすべての曲線が緩やかに開いていく。舌先のジェラートのように、美奈子はわたしの熱で溶けていくのだと感じた。柔らかく、優しくなる時間の中で、わたしの欲情とわたしが指先に挟んだ美奈子の乳首だけが、硬さをました。言葉は溜息でしかなく、溜息以上の言葉は必要なかった。美奈子の頬と胸元が、紅葉するように少しずつ赤みを広げた。

瞼とまつ毛が微かに震える。わたしの二の腕を握りしめた指先だけが何かを訴えてきた。彼女の美しさ、柔らかさがわたしの中できわまり、わたしは最後に、彼女の名を呼ぶ。美奈子の引力と名が結びつく。美奈子のあっ、という声が耳元で永遠に響いていく。

風が少し強くなった。木の葉がいっせいに裏返って色彩りを複雑にした。指先ほどの実が幾つか肩にこぼれた。

美奈子の母は小学生の時に亡くなった。絵描きだったのでほとんどアトリエに籠っていたという。美奈子には母の記憶が少ない。成人して、美奈子は父親に亡き母の印象を繰り返し尋ねた。その度に父親は美奈子に「おまえはお母さんにそっくりなんだ、細い手足、大きな瞳、豊かな眉、広い額と長い髪、みんな生き写しといっても良いくらいに似ている。だから、鏡で美奈子自身を見つめてごらん、それがきみのお母さんなんだ」と教えてくれたそうだ。美奈子の母と父はお隣り同士で生まれ、幼馴染みで育ち、二十二歳で結ばれた。だから、交際期間は二十二年と自慢していたという。

二十歳のわたしは鏡のなかの二十歳の母を見つめたの、と美奈子はいった。

美奈子は二十五歳の時にわたしと同棲を始めた。二十五歳になった美奈子は二十五歳の母親を鏡のなかに見つけた。その姿が母親そっくりなのかを父親に尋ねたがったが、父親は既に他界していた。

「ぼくは美奈子とともにきみの母親とも結ばれたわけだ」

「そうよ、あなたは贅沢にも二人の女性と結ばれているの」

「いま、ぼくが抱いているきみは美奈子」

「あなたが愛してくれたわたしは美奈子、でも、今朝、卵を焼いていたわたしは母かもしれない」

「今朝、歌っていたきみはどちらなのか？」

「今朝、歌っていたわたしは、どちらだったのかしら？」


ここからは流れに沿って桜並木が続く。葉の落ちた桜の枝を眺めながら、風景に定家の歌「見わたせば花ももみぢもなかりけり浦の苫屋の秋の夕暮れ」を重ねてみた。その向こうに、美奈子との別れ、父との死別、そんな手札をさらに重ね合わせ、読み取ってみる。喪うことは、不在を得ること、記憶という非存在を認めることと同意だ。花も紅葉もない夕暮れに、花と紅葉を見ようとする定家の心持ちを探るが、何かしらの虚無をそこに見てしまう。定家の花と紅葉は過去のものであって、来たる春のものではない。確かに、目の前の実体と呼ばれるものははなはだ頼りない。時間は途切れないものだから、花や紅葉なども時間とともに移ろい過ぎていく。すべての実体は、指の間から流れ落ちる砂のように、いつしか消えていくのだろう。乳児は追視といって、動くものに最初に惹きつけられるらしい。その習性はわたしたちに根付き、終生、変化するものに目を奪われていく。いつしか変化こそが実体となっていく。変化と実体をとり違えてしまう。それは、この年齢になっても判然としない。ただ変化に右往左往してしまう人生は余りに情けない、という自戒だけは残る。定家は不在を肯定しようと詠ったのだろうか。不在でしか見えない風景、それは変化に騒めく胸内を嘆いたのか。それとも、時間の儚さを詠ったのか。この歌に、失われた花と紅葉を読み取るか、花も紅葉もない夕暮れを読み取るかで違ってくるが、両方ともに表現されている、としたほうが正しいのだろう。それは量子の不思議に、プラスとマイナスの量子を重ねた状態で存在するというシュレディンガーの猫に通じるのかもしれない。風景の中心に虚無を見るということは、銀河の中心、宇宙の中心にブラックホールが存在しているという事実にも結びつく。虚無は何もかも吸収するように存在・不在している。その虚無を中心に宇宙は果てしなく拡大し続けている。

遠ざかる美奈子、遠ざかる父の面影、それは星々が広がり離れていく様に似ている。長ずるに従い、人々が離れ離れになることも同じ理屈なのか。次第に速度を増しながら、記憶も同時に離れ離れになっていくのだろうか。拡散していく悲しみ、それは小林秀雄がモーツアルトに引用した疾走する悲しみ、万葉の詩人たちが詠った海の青、空の青に込められた悲しみ。

「肉体は悲しい。われ万巻の書を読み終えて」とのマラルメの詩句がある。肉体の悲しみとは、移ろう肉体を僂んでいるのだろう。あらゆる書物を読んだとしても、肉体の衰えは止められない。ともかく、肉体と言葉の対句と考えるのは間違っていまい。悲しみとは肉体という限界を持ってしまった故の感情なのか。自由を志向する精神に、空間として、時間としての限界を規定する肉体という悲しみ。それは言葉なるものに連なる。

悲しみとは感情の基調をなすものであり、言葉を覚えてしまった人間独自のものだろう。画家がキャンバスに下塗りを施すように、わたしたちは言葉を覚えることで、感情に悲しみという下塗りをする。動物や言葉を知らない赤児にも一時の悲しみはある。親と別れた鳥、玩具が見つからない赤児は、悲しくて泣く。だが、言葉を習得したのちの人間の悲しみは別だ。悲しみはつねに生とともにある。いずれの喜怒哀楽もこの悲しみの上に立ち現れる。たとえどんなに喜んでも、その足元には悲しみがつきまとってくる。時間とは喪うこと、生きるとは喪うことと知ってしまった悲しみ。あまりに僂い世界にいることとの悲しみ。指の間からこぼれ続ける砂のイメージ。孤独、不安、悲しみ、いま・ここに・在ることとゆえの基調。それは定家の歌に通底する。

日曜日の明るい時間に、父はよく縁側に出て裁縫をしていた。暗くなると細かなものが見えなくなるから、日の高いうちにしておくという。わたしのズボンの裾をつくろったり、取れたボタンを付けたり、スウェーターのほころびまでも縫っていた。街には裾上げや仕立て直しの業者が看板を出していたので、そちらへ任せたらといったことがあった。父は「これが好きなんだよ」といって、針を動かしていた。ラジオをかけながら、何枚ものシャツやズボンのアイロンがけもこなした。集中していると時間を忘れる、と楽しそうだった。日頃とくに運動をしないから、これがスポーツ代わりだと父はいっていた。「わたしの研究や実験はすぐに結果が出てこない、アイロンや裁縫はたちまち上手か下手かの結果が出る。これがいいんだな」と満足げにしていた。

晴れた日には、朝から洗濯機を回した。わたしが着ているシャツや下着を脱がしてまで何度も洗濯をした。洗濯機が止まると、庭の物干しに丁寧に広げて吊るした。午後になると、父はしばしば庭に出て、乾きかけた洗濯物を触り、ほほおっと頷いていた。

いま、わたしも裁縫やアイロンがけを自分でこなす。その楽しさを味わっている。そんな時、自分の中に父の遺伝子が働いていることに感謝している。時間は喪うばかりではない、とも思っている。わたしの縫う糸が造形する破線の不均等を見ると、父の「未だ未だだな」という言葉が聞こえて来るようだ。

詠うこと、書くことの意味を考える。

実体は言葉ではない。そこにある一個のリンゴは言葉ではなく実体だ。当たり前だが、一個のリンゴを完璧に描写することは不可能だ。リンゴと世界との関係性をすべて描くことなどできない。果実としての歴史や分子構造から将来の姿まで、何万言使えども描写し終えることはない。そもそもリンゴは実体であって、情報ではない。それは、もちろん風景にも、心理にもいえることなのだ。しかし、美奈子が齧るリンゴは、美奈子が齧るリンゴとして、その関係性において確立している。他の誰でもなく、他の果物でもない。あくまで、美奈子が齧るリンゴなのだ。言葉は単語であるとともに、言葉は関係性だ。関係性の広がりを物語と言い代えても良いかもしれない。だから、言葉が伝えるものは、伝えないものまでも暗に含まれている。そして、含まれているもの全体から、伝えるべき最小限の選択を迫る。言葉は語彙の関係性なのだ。その仕組みなのだ。単語としてのリンゴは、リンゴを知る者すべてのうちに存在する。わたしの中にリンゴは存在するが、実在としてのリンゴは存在しない。リンゴはわたしとの関係性のうちに存在する。すべての語彙は、その人との関係性において存在する。美奈子が齧るリンゴは美奈子の手に在る。リンゴは存在し、リンゴは存在しない。

書き手は書くことで消えつつ言葉として存在する。読み手は読むことで言葉を内在させ読み手としての実体としては消え去る。読み手は書き手と重なり、書き手は読み手と重なるが、読み手は書き手とはならない。その場で、言葉は伝えるのではなく、共有するもの。

詠うこと、あるいは書くこととは、その関係性を、誰かと共有したいという思いを抱き、何かを発すること。その誰かは永遠に誰かでしかない。書き手本人でもない。何かとは言葉でしかなく、共有するものとは、意味がイメージをつくり、気分、感情、物語まで昂まったものという幻想。たとえば、大切な人を喪った悲しみを伝えたいから詠う。どれだけ大切な人だったか、どれだけ愛していたかを詠んで、書く。伝わるものは言葉だけだ。喪ったことの悲しみの深さ、ありありと感じる喪失感との対峙、日常性をふいに揺るがす欠落感、そのような感情や心の在り方を共有したいと願うが、共有できるものは言葉だけなのだ。

もう一度、リルケの詩句を思い起こす。

「われわれが地上に存在するのは、その名をいうためなのだ」

モランディの画集を見ていた時のことだ。存在するものはすべて声を発している、と美奈子はいった。言葉ではない、声なの。そこに在ることとは孤独であること、孤独であることとは、誰かを求めていること。その求める声が聞こえるの、と美奈子はいった。その声を聞くことが、絵を描くこと。だから、声が聞こえないと絵は描けない。モランディは、その声を聞こうとする姿勢が素晴らしいの。

声を発するとは、それぞれの孤独に在る言葉同士が、お互いを引きつける磁力のような関係を結ぼうとすることなのか。つまり、書くとは、磁力として在る言葉を共有することなのか、共有したいと願うことなのか。そう考えながら、わたしはメタセコイヤの大樹を思い起こしていた。すずことわたし、黒猫の回転、メタセコイヤ。

独りごちて歩いて来る中年男とすれ違った。ダウンパーカーにデイパックを肩にかけふらふらと歩いて来た。酔っているのかと思ったが、そうではないらしい。すれ違いざまに聞けば、現政権の悪口を吐き続けていた。近頃、時折、独り言している人間を見かける。昔、安普請のアパートに住んでいた時のことだ。壁一枚挟んだ隣人の独り言に迷惑したことがある。大きな声で話しているので、当初は隣人に同居者がいるのかと思った。そうではないことがわかると、心底ぞっとした。以来、隣人の独り言が気がかりとなって、やがて知らぬ間に耳を傾けるようになり独り言が明瞭に聞き取れるまでになってしまい、とうとう引越しをしたことがある。

果たして、地球に一人生き残ったとしても、人間は独り言を呟き、詩を書いたり、絵を描くのか。たぶん、書くのだろう。あの中年男のように、自分の中の相手に向けて、文章を綴り、絵を描くのかもしれない。考えれば、どんな作家も、画家も、音楽家も、まずは自分の中の受け手を最初の読者、鑑賞者とするはずだ。書き手はつねに読者に重なり、演奏家はつねに鑑賞者と重なる。それ以上に、自らの存在が危うい状況において、人は独り言するのだろう。自己の確認方法として、それはあるのだろう。では、鳥や動物も独り言するのだろうか。自分の存在を確認するように、鳴いたり、唸ったり、自分を確認するように独り言するのだろうか。声を発するのだろうか。ならば、この落葉は木々の独り言なのか。

言の葉とは、その意味においてなのか。

撮影をしている老人に出会う。三脚を立て川面にカメラを向けているが、望遠レンズの先にはとくに何も見つからない。

「何を撮ってらっしゃるのですか」と尋ねてみた。すると老人は、川辺の小さな岩場へ指を差し、声を落として「あそこにカワセミが時々来るんですよ、岩場に白いフンが付いているでしょ、あの辺りに飛んで来ます」と教えてくれた。「そうですか」と小声で答えて、息を潜めて老人と同じ川面を見ていた。風の音だけが聞こえた。

数刻が過ぎた時に、老人はわたしを待たせていることを申し訳なく思ったのか「風が強くなっちゃったからダメかなあ」と呟いた。「風が強いと来ませんか」と尋ねたら、老人は「あんなに小さなカラダだものね」といった。老人に気を遣わせているように感じたので、「来るといいですね」と告げて別れた。老人は笑顔で右手だけを上げて挨拶を返してくれた。

酒に酔うと、美奈子は赤くならず、青白くなった。そして、理屈っぽく人に絡み出す。だからか、画家仲間にカラミ大根と渾名されていた。

酔った美奈子がいったことがある。

「生物が進化して海から陸へ上がってきたのは理解できるの。魚類から肺魚、そして両生類に。でもね、陸の生物が空を飛べるようになるプロセスって想像ができない。歩く、走る、跳ぶ、泳ぐことは運動の延長として想像がつく。でも、飛ぶことは考えられないの。ムササビみたいな動物がコウモリのような生物に進化して、鳥になったと考えても、どこかで神の手が入らなければ実現しないと思う」

わたしは酔いもあって、少しばかり面倒だなと感じたので「神の手はともかく、翼竜にしろ、始祖鳥にしろ、翼を持つまでの進化の経緯を覗いてみたいよね」とはぐらかすように答えると「翼が出来たのは餌を捕獲するためかしら、それとも敵から逃げるためなのかしら。そもそも飛ぶということ、翼を持つという発想を自然が抱くこと自体が不思議なの、飛ぶという進化が遺伝子の突然変異で実現するってことが考えられない。餌を取るため、敵から逃れるために、わざわざ空を飛ぼうとすること、そのために翼を得ること、翼を得るための骨格になること、そんな進化が信じられないの」と絡んできた。

わたしは、そんな美奈子の強いこだわりを理解できなかった。進化の詳細に人間が想像力を及ぼすことは、どこかおこがましくも感じられた。人間の想像を超えるから、突然変異なのではないか。飛行する動物への進化を思い描けないのは、わたしたちには飛ぶことができないという理由だけではないか。人間の身体の拡張として思い描くことが難しいからではないか。魚にとっての海と羽虫にとっての空は、彼らには同程度の濃密な空間なのではないか。だから、エラが羽根になってもおかしくはない。「海があるから尾やヒレが生まれた、陸があるから足が付いた、空があるから翼を得た、ではいけないのかな。海を泳ぐ魚の尾鰭が翼になったと想像することは、そんなに困難だろうか」といってみた。

「陸や海と空との間には、それこそ雲泥の差があるわ。空気に浮かぶものって霧や雲くらいでしょ。重力に逆らって飛ぶということ自体が不思議なのよ。無理がある。陸や海に安らぎの場は見つかるけど、空には落ち着く場所はないでしょ。鳥だって、羽ばたくことをやめたら落下するしかない。どんな生き物も高い所に登れば恐怖感を持つはずだわ。飛びたいと思うのは、想像力を持った人間だからよ。たとえば、ライオンや熊が空を飛びたいと思うかしら」

「昆虫に蝶があるように、動物に鳥がいると考えてはどうだろう」

「蝶々って木の葉が風に舞うみたいなもの。花の受粉のために生まれたような生き物だわ。でも、鳥は違う。確かに、木々の種を遠くまで運ぶという役割はあるけれど、あれは副産物みたいなもの。鳥は空を飛ぶという目的だけに生まれてきたのよ。ムササビのように枝から枝へ飛び移る程度の滑空から、鳥のように大空を自由に羽ばたくまでに進化するとしたら、その間には大きな隔たり、それこそ飛躍があるのよ。それは高い所の葉っぱを食べるために首を長くしたキリンの進化とは明らかに違う何かがあるの」

そんな美奈子の言葉に神らしき影を感じてしまった。だからか、少し苛立って「つまり、神の国がある天空が寂しいから神は天使に翼をつけ鳥を創造した、ということなのか」と突き放したような物いいで返してしまった。神の存在については何度も口論をしている。決して結論を得られない議論だった。いつも終わりない議論に陥り二人とも不機嫌になり黙り込む。それを察してか、これ以上の議論を避けようとしたのか、美奈子は「まあ、そうね。多様性という目的を第一義として生まれてきた創造物といってもいいかも。飛ぶという目的だけに生まれてきた鳥、泳ぐという目的だけに生まれてきた鯨やイルカ、走るという目的だけに生まれてきたサラブレッド、それぞれに、みんな美しいわ」と、的をはずしたような言葉でまとめたものだった。そういえば、「人は飛ぶことはできない。代わりに、飛ぶ夢を見ることができるの」と謎めいたこともいっていた。

いま思えば、あのようなとりとめのない会話は楽しかった。得難い時間だったと思う。しかし、あの頃はどうしても神の存在を認めるような発言は許容できなかったし、美奈子の考え方を黙認するという態度をとれなかった。考えてみれば、その発言が美奈子そのものだったということなのだ。その発言を含めて、わたしは美奈子を愛したのではなかったのか。そう、一体、わたしは何にこだわっていたのだろう。かつて、わたしは熱心に日曜学校に通う少女に恋をしたことがある。その当時、彼女がキリストを信仰することに何の躊躇《ためら》いを感じなかったではないか。

わたしは美奈子が神に関わる発言をするときに、遠い目をしていることが、なぜか気にいらなかったのだ。いま思えば、遠い目をしていたとは、わたしの単なる思い込みだったのかもしれない。わたしは美奈子の何にそんなにも苛立ったのか。結局、わたしは彼女との違和感、相違を決定的なものとして受け取り別れることになったのだが、ただの考え方の違いを大袈裟に捉えてしまったのではないか、とさえ今にしては思っている。違いなどどんな男女にも、どんな人間にもあるものだ、と考えることができなかったのか。なぜ別れたのかあらためて振り返ると、実に曖昧であり、捉えどころがなくなってしまっていた。わたしが美奈子の神に嫉妬しただけなのかもしれない。わたしは美奈子自身を美しいと思い、美奈子にまつわる物語を愛し、美奈子という物語に共鳴していた、と信じていたはずだった。

物語はつねに結末を求める。その求心力が物語を揺さぶり、変化させ、着地点とした場所に落ち着かせようとする。だが、物語にとって、結末は幻想でしかないことをも知っている。あの時、別れという幻想を、なぜ受け入れたのか。

後方で、老人の声がした。振り向くと「違ったよ」と老人が指をさす。再び、少し戻って川面を見つめる。一羽の小鳥が川辺に降りたっていた。カワセミでなくセキレイだという。セキレイという鳥の名は、その時に老人から教えてもらった。

セキレイの小さな動きをこよなく美しいと感じた。この小動物はわたしたちとは違った時間を生きている。わたしたちよりももっと密で、一秒を豊かに感じる時間を過ごしている気がした。そうでなければ、あんなに素早い動きは不可能だと思った。だからこそ、美しい。

人間はみな、それぞれの時間の中で生きている。父の時間、美奈子の時間、そして、わたしの時間。年をとるとそのことを身にしみて理解できる。あなたの時間とわたしの時間は違っている。それは、わたしの言葉とあなたの言葉が違うように。一日二十四時間は共通項なのだが、共通項でしかない。時間も言葉も生きていて、それぞれに微妙なズレがあって、そのズレがさらに複雑な色彩やモアレを生み出して、わたしたちの日常を彩ってくれている。

美奈子は一人になると占いをよくした。主にタロット占いを楽しんでいた。母親が残したアーサー・エドワード・ウェイトがつくったウェイト版のカードを使っていた。彼の解説書も原文で持っており、ときどき取り出しては読みながらカードを並べていたものだ。

美奈子の友人たちの間では当たると評判だった。なぜ占いをするのかを、美奈子に尋ねたことがある。遊びだといった。占いで未来を予想するなんてつまらない、という。占いは、占う相手から一つの物語を紡ぎだす遊び。先入観を持たずに占うと、その人の新しい面が見えてくる。「他人に対して、その人への先入観を除くことはほんとうに難しいの。わたしたちは、相手の性別、年齢、職業などのイメージにどうしても縛られてしまう」といった。だから、カードや手相、生年月日というデータだけで、その人を占うと、いままで先入観に隠れていたものが現れてくるそうだ。そのことがとても面白い、といった。

ときに、自分自身をも占う。

「自分に対しての先入観ほど強いものはないから」と美奈子はいった。

「そうかもしれないね、自己評価なんてじつにいいかげんだから」

ただ、わたしに対しては占ったことがなかった。占ってくれと頼んだことはあったが、「あなたは、わたしが思っているあなたでいいの」と素気なく断られた。

流れを離れて林に入った。小道のあちこちに根の瘤が出ていたので足元ばかり気にして歩いた。足元ばかりを見ては歩きづらい。少し遠くを見つめての方が歩きやすい。人の生き方と同じだ。視野の広さは不可欠なのだろう。

やがて平坦な地面に変わり道幅に余裕が出てきたので、頭をあげて歩くことができた。木の間隠れに青空が覗いて、ひつじ雲が流れていた。最近、雲を見上げることが多い。とくに都会のビルの谷間から白い雲が見えたときには、ほっとする。街角の花壇や並木に自然を感じることは少ないが、雲には開放された自然を覚える。

雲の学名は十種類しかない。俗称は多いのだろうが、気象学会として認められたものは十種類だけだ。巻雲、巻積雲、巻層雲、高積雲、高層雲、乱層雲、層積雲、層雲、積雲、積乱雲。雲は高度によって形を変える。上空で生まれた空気の対流によって雲はつくられる。記憶の誕生にもそのような対流があるのかを考えてみた。すべての時間、すべての体験が記憶に結びつくわけではない。何かのきっかけがあるのだろう。時間の対流によって甦える記憶はあるだろう。感情の起伏によって生まれる記憶もあると思う。積乱雲のように闇雲に大きくなる記憶もある。その雲の下では稲光が走りわたしの感情を激しく打つ。人は記憶の生き物だと思う。記憶が雲のように流れて、ふと現れては消えていく。

そうして気分や感情の源泉を形づくる。記憶なくして、文学も音楽も生まれない。記憶があるから、時空間に立体感が出る。過去が確認できて広がりができる。大気の温度差が雲を生むように、ある風景に行きあう時、ある人物にふれあう時、感情の温度差、心情の気圧差が生まれ、様々な記憶がまとわりついてくる。そのような記憶の雲形の生成を確かめることができるのなら、それを美しく感じるのかもしれない。

ひつじ雲、高積雲がうっすらと茜色に染まってきた。

この道をまっすぐ進むと大学の裏門に出る。大学の構内からM駅までのバスに乗ろうと思った。

美奈子が読んだ本をわたしが読み、わたしが読んだ本を美奈子が読んだ。とくに深く感想を語り合うことはなかったが、共通のものを所有できる喜びが持てた。

井戸の深みにオモリを垂らしてリードを伸ばしていく。指先に加わるわずかな抵抗の変化で深度を測る。その指先に加わる感覚を共有することこそが、二人が楽しんだ読書体験だったと思う。心臓を、前頭葉を、指先でそっと押される感覚。言葉を超えた場所で何かと触れ合う感覚。お互いの記憶が出会い一致したような喜び。気づきの共感。遠い先祖で血のつながりを見つけたような親しさ。読書体験、それはわたしたちにとって恋愛に通じる感覚だった。

とくに二人が気に入った小説については、小説世界から離れがたい気持ちが募って、お互いにその小説の続きを書いてみた。文体を真似て、それぞれに自らの物語として書いてみた。大抵の場合、美奈子の文章の方がはるかに原作に近く親和性が高く優れていた。しかも、自由さがあった。わたしは小説に、その文体にとらわれ過ぎてしまって模倣でしかなかった。美奈子はその小説から別の出口を発見する。美奈子の文章には、その扉を開けると別の世界が広がるような感動があった。

わたしは美奈子の神に嫉妬していたとしたら、美奈子の文章にも嫉妬を覚えていたのかもしれない。

父の遺品に、その同人誌はあった。父が勤めていた大学の研究所の名前が付いている文集で、四十歳を迎えた彼の創作が掲載されていた。そもそも父が小説を書いていたことを知らなかったし、父と小説の話をした記憶はほとんどない。だから、その小説を見つけ、読んだ時には素直に驚いた。小説の題は「星の破片」と書いてホシノカケラとルビがふってあった。

その小説とは、このような内容だった。

主人公は、三十路に入ったばかりの、東京の大学に勤める地質学科の助手。代々、地質学者の血筋で、曽祖父が東北に小さな地熱研究所を立ち上げており、彼の父が一人そこを受け継いでいた。突然、彼の父が亡くなったという訃報が彼のもとに届き、主人公は東北へ向かう。兄弟もなく、母を早く亡くしたこともあり、わずかな関係者だけで葬儀を済ませた。彼に父の研究所を継ぐ意思はなかったので、東京の研究室に二ヶ月の休暇願いを出して、閉鎖のための整理を始めた。丁度、四十九日を迎えた夜だった。深夜、裏山に轟音とともに隕石が落ちた。周囲の山林は焼けて、運動会の玉転がしほどある隕石が地中に半分埋もれていた。植物と大地が焼けた臭いが辺り一面に漂っていた。その夜は月灯りもなく、暗闇が隕石を隠していた。これほど大きな隕石なので、翌日は、メディアが押し寄せるだろう。予想できない騒動に身構えて、夜明けまで一睡もできなかった。しかし、翌日は誰一人の来訪者もなく、電話一本鳴らなかった。調べてみると、各地の天文台からも、ネットにも、動画サイトにも、隕石が落ちたという情報はない。隕石は厚い雲に隠れるように落下したのかもしれなかった。誰にも知られず彼のもとに落ちて来た隕石、それは父の転生した姿かもしれないとさえ考えた。

未知の鉱物がここにある。主人公は隕石を目の前にして、これこそが自分の研究テーマだと思った。だが、隕石を公けにしては独占することはできまい。論文の発表まで隕石を自分だけのものにしておこうと決めた。隕石の研究のために、この研究所を再開しよう。再開するについて疑問を抱くものは、誰もいないはずだ。

山林に埋もれた隕石は深い黒色をしており、見つめていると視線ごと吸い取られるような恐怖があった。漆黒の夜の闇を湛えている鉱物。黒い球体の中に、小さな輝きを放っている金属をあちこちに見つけた。一つ一つがピンポン球くらいの大きさを持っており、宇宙空間の星々のように、隕石の至る所に美しく点在している。早速、削り取って調べてみた。何と白金《プラチナ》で、しかも限りなく純度の高いものだった。たぶん、この隕石の中に相当量の白金が埋もれていると思われた。金額に直すと途方もない価格になるだろう。研究資金は目の前に潤沢に用意されている。それは、亡き父が主人公の将来を明確に示してくれているように思えた。父の思いを尊重するためにも、研究のため、白金を少しずつ値崩れをしないように売却をしていこうと思った。主人公は大学を辞し、設備を整え、研究生活に入った。

歳月は矢のように過ぎた。隕石を探ると、新しい発見があり、その分だけ謎が増えた。すべての科学研究と同じように、解明すればするほど未知の裾野が広がる、科学という無間地獄に陥ったような気持ちになった。目的もなく暗い宇宙空間を飛ぶ隕石の夢を何度も見た。飛ぶ速度が増していき、その速さに追いつかなくなる恐怖で目覚めたものだった。

もう、止めることはできない。自分で抱えきれない検査分析は他の研究所に委託するとともに、研究設備も充実させていった。隕石は四方に自分でブロックを積み、頑丈な屋根を付け、ドアにセキュリティをかけて隠蔽した。そもそも、研究所のある山奥にわざわざ訪れる者は少ない。昔からの地熱研究所の財団法人名と看板をそのままにしてあるので、それを隕石などに結びつける者はいなかった。

四十歳になった時、いつも雑用を頼んでいた地元の農家の女性と結婚した。彼の研究について、一切口を出さない女性だった。彼女は、研究所の裏庭に温室を作り、そこで花や野菜、果物を育てることを唯一の趣味としていた。一年一度、妻との海外旅行と二度の温泉旅行、週末には一人で街へ降りていき食事をする。それ以上の贅沢はしなかった。子供はできなかったが、二人とも幸せだった。

還暦を超えるまで、主人公は隕石の研究にひた走った。彼が六十五歳の年に、突然、妻が亡くなった。享年五十五歳、余りに元気だったので、ガンの発見が遅過ぎた。

茫然自失した主人公は研究が手につかなくなる。主人を失った研究所と温室は荒れ果てた。分析器に埃はつもり、ビーカーに残った薬品は凝固して変化を始めた。温室の薔薇とトマーは立ち枯れし、マンゴーは実を結ぶことなくしおれた。主人公は街へ顔を出さなくなった。廃人のようになったと、噂が広がる。亡くなった妻には妹がおり、近くの農家に嫁いでいた。周囲に促され、妹は主人公の研究所を訪ねる。

研究所は電源が落とされ、暗く静まり返っていた。研究所に隣接した自宅を探し、やがて隕石の小屋へとたどり着く。厳重にロックされているはずのドアが難なく開いた。ＬＥＤライトに煌々と照らし出された空間に、主人公はぽつねんと座っていた。伸び放題のヒゲ、薄汚れた研究着。部屋の真ん中には月のクレーターのような巨大な穴が空いている。かつて隕石があったその暗い大きな空隙を見つめて、主人公はただ座っているだけだった。妹が穴の中央を見ると、そこには白い小さな骨壷が置かれてあった。

あの隕石は少しずつ削られ、研究に回され、今では手のひらに載る大きさのものが金庫に入っているだけだ。すべて分析され、数値と化学式に直され、あるものは命名され、情報と化してコンピュータに収まっている。それは、亡くなった妻が主人公の記憶として残っているように。主人公は問う。わたしが亡くなれば、妻の記憶も消える。コンピュータの電源が消えれば、隕石のデータも無くなる。それは何を意味するのか、と怯えた。

足元に円形に広がる暗闇を見つめて、主人公は、最愛の妻を喪った悲しみと、隕石を無くした虚しさに襲われていた。

自分の人生はいったい何だったのだろうか、と繰り返し自分に問う。それは、漆黒の球体であった隕石に取り組み、その謎を探ろうとした人生でしかない。新しい発見と同等の新しい謎が生まれた。すべてのものに答えはない。謎の連鎖が続くだけだった。どんな解答もないと、絶望の淵を見下ろしていた。これからも、永遠に、見つけることはできないのだろう。

妻の妹は、衰弱しきった主人公を説得し、何とか外へ引きずり出した。

腰を屈め、俯いた姿勢のまま、主人公は隕石の部屋を出る。ふと頭上に光を感じる。見上げると、満天の星空だった。

主人公は星からの光を浴びて、「そうかこれが答えなのか」と涙を流した。

星空の下には漆黒の闇が広がっていた。

読了した時、少々センチメンタルな文章に父の若さを感じた。ただ、父が書こうとしたものは、父そのものだった。美奈子から教わった父の俳句「振り向けば花散る速さに時を知る」を想い起こした。学問という名の下に、星の一片である隕石を少しずつ削り取り、膨大な量の情報へと変えてしまう。たとえ、そこから宇宙の仕組みを表す一法則を導き出したとして、それは何を意味するのか。確かなことは、宇宙そのものには何の意味をなさない、何の価値を持たないことだ。そのことと、主人公が妻を愛したこととの記憶とは、どのような位置関係にあるのか。果たして、それらの疑問、それらの苦悩を、星の光、宇宙の全体の流れで掬い上げてしまうのは、少しばかりズルくないかと、父に文句をつけたい気分になった。

美奈子なら星の光を神と見るのだろうか。それも間違ってはいまい、と感じた。美奈子とは科学について何度も話し込んだものだった。彼女は科学は人間に未知と無知を突きつけるといっていた。あれは、父からのうけうりだったのか。
父の文集のことを、美奈子に知らせてはいない。しかし、美奈子なら父の小説をどのように結ぶのだろう、どのように書き繋ぐのだろうか、是非その文章を読んでみたいとは思っている。

美奈子は神の存在を認めるが、何れかの宗教に帰依することはなかった。世界宗教については熱心に読み調べた。教会や寺院の集りに顔を出すようにもなった。あわせて、量子力学、宇宙科学など最新の科学についても入門書を買い求め、読んでいった。神と自然、神と宇宙は同一だという。美奈子は自分なりの神を持っていたのだと思う。いや、自分なりの神を持とうと考えていたに違いない。

美奈子はいった。
「宇宙は人間の想像力が及ぶ範囲だけ広がっていく、と誰かが書いていたけど、その通りだと思うの。科学が謎を解明すればするほど、その分だけ水紋が広がるように宇宙は広がっていく。同じように、水紋の輪の外の部分である未知の領域も拡大していくの。いいかえれば、科学の真理って、人間の想像力の分だけ広がって、同様に未知の領域も広げてしまう。宇宙の誕生であるインフレーションやビッグバンを解き明かすことで、ダークマター、ダークエネルギーというとてつもなく巨大な謎を生んでしまったように」

「宇宙の謎を一つ解明すると、新たに幾つもの謎が生まれるということか」

「そうよ、それが言葉や科学での理解の限界。人間が一つの真理を得るとしたら、そのことは幾つもの謎を引き受けることと同じなの」

科学的、社会的な発見は、新しい未知の領域の発見につながる。深く探れば探るほど、探求する世界の裾野は広がっていくのだろう。銀河系の光の粒が渦を広げるように成長していくイメージ。同じく、クオークよりもさらに小さく縮むことで未知の異空間が広がるイメージ。極大、極小の世界は、理論上は無限となるのだろうか。

「宇宙は謎の領域を広げながら永遠に謎であり続けるの」

美奈子の宇宙観は父が小説に描いたそれに近い。美奈子が父から受け継いだもの、わたしが父から受け継いだもの、その相違を考えた。そのことも、宇宙が広がっている運動に連なるものがあるのだろうか。

このわたしを構成するクオークは、わたしの死後も宇宙の一部であり続ける。ならば、科学も、芸術も、文学も、宇宙に対する幻想でしかないのか。太陽における化学変化とわたしの一生という化学変化はどう違うのか、どう結びつくのか。であれば、神なる存在も人間の想像力の限界ではないのか。

ともに住むようになり、美奈子とは、子供が出来たら籍を入れようと約束していた。だが、美奈子との間に子供は出来なかった。美奈子は子供を欲しがったが、わたしたちに授かることはなかった。それが一つの契機になったのだろうか、彼女は次第に信仰への関心を深めていった。祈りの意味について語るようになった。「祈りは、大きな流れに身を委ねることなの」といった。女性は子供を持つことで、大きな流れに身を委ねることができる。大きな流れの一部になっている、と実感できるのかもしれない。逆に、子を得られないと判ると、その大きな流れから弾かれたような疎外感に襲われるの。だから、祈るしかない。祈る時、個は全体となり、全体は個となる。たぶん、と美奈子はいった。祈りは言葉を超える。神は言葉では理解できない。祈りでしか近づけない。美奈子の神とは、仏教でいう空に近いものかもしれない、と思った。縁起の根本、充足理由律の端緒ではないか。そういうと美奈子は、何を祈るかなんて問題ではないの。祈るという姿勢、カタチが基本なのと答えた。

わたしは、自分という個と全体が結びつくとは、どんな意味があるのかと問うた。個はそもそも全体を含んでいる、全体があるから個なのだ。個を見つめると全体が見えてくる。それが、文学、アートの基本ではないかと考えている。

美奈子は「全体と結びつくことで、個である自分を認め大切にできるの、大事にしようという気持ちになれる」といった。作品を作ることと祈りは同じ過程を踏むという。祈るように描きたいともいった。果たして、祈りとは内向きの力なのか、外向きの力なのか。

美奈子はヨガ教室に通い始めた。呼吸を整え無心の状態に近づく。瞑想も彼女の祈りだった。祈りは無心であり、何処にも向かわない。何処にも向かわないから、全体を志向するといった。肉体と精神の対比は、個と全体との対比に結びつくのだろうか、わたしには判然としない。

その頃、時折、眠る美奈子は涙を流すことがあった。わたしは、美奈子を起こさぬように、目尻に溜まった涙を唇で吸った。

流れにそって、歩き続ける。

水音が心地良い。

川をうたった詩は、どうしても回想が主題《モチーフ》となるためか感傷的になりがちだ。アポリネールのミラボー橋もしかりで、ローランサンとの恋を追憶したものとされている。結局は、最後の詩句「Les jours s'en vont, je demeure. 日々は去り、わたしは残る」という川面を眺めての詩句に集約されるのだろうが、時間の多重性を問いながら、つねに時間に取り残されているように感ずる、あの寂しさをうたっている。確かに、時間を風に喩えるにはあまりに頼りなく、四季の移ろいでは長すぎる。そうした面で、時と川は相性が良い。方丈記の冒頭のように、変化と普遍、部分と全体という対比も容易だ。

そんなことを疎水を眺めながら考えていた。目の前を流れる水は瞬く間に去っていく。わたしが眺めている川は、その時だけの流れであり水なのだ。流れゆくもの、移りゆくものとして疎水はある。眼下の流れを見て、わたしはその疎水を知っているかのように思っている。誰もが、いま、ここからという時空を逃れられないことと同様に、わたしは美奈子と出会った時間だけ、共有した時だけの美奈子しか知らない。美奈子のすべてを知ることはできなかった。美奈子にも、美奈子自身のすべてを知ることはできないのだろうと思う。すべてを知るとはどういうことなのだろう。すべてを知ったって、それが何になるのかとも改めて考えてしまう。全体への志向とは、なんの意味があるのか。そもそもすべてとは何を指すのか。全体とは何か。ただ、美奈子を愛していた時、彼女のすべてを知りたいと願ったことは事実だ。可能なものはすべて共有したいと切に願った。あの思いは、既に遠い。強い陽射しに褪色していく麻布に似て、肌合いの感触だけが残っている。何故に別れたのか、その理由さえ明確ではなくなっていた。いまなら、美奈子の神を受け入れることができるような気がする。だが、それは遅すぎる悔恨なのだ。煌めくような流れは、ずっと以前に去ってしまった。この流れは、あの時の流れではない。

手折りし花を
身代わりに
流れの果てに
なにを祓うや

和歌を思いつくが、最後の祓うやが違うと感じる。最初は祈らんにしたのだが、それも気持ちにそっていない。

「これじゃあ、演歌だ」という父の声が聞こえた。


とりどりに色づいた木の葉を集めている少女に出会った。小さな黄色のポリバケツに、赤、黄、橙、茶色の葉っぱがあふれていた。

「たくさん集めたね」と声をかけると「宿題なの、葉っぱを画用紙にペッタンしてお絵描きするの」と返事をくれた。ペッタンの意味が判然としなかったので「ハッパをそのまま画用紙に貼るの？」と尋ねると、小さな顔をたてに振った。隙間なく枯葉を貼り付けた画用紙を想像した。少女と出会う↓バケツ一杯の紅葉↓枯葉を貼った児童画、これら出来事の連鎖に意味はあるのか。

いまこの時に、梢が風になびく、鳥が虫を啄む、リンゴが熟れて落ちる。それら自然の働きはそれぞれに意味を持つ。鳥の行為は虫に食べられるはずだった木々の葉の生育の助けとなり、果実の落下はリンゴにとって次の世代の誕生につながる。一葉の枯葉が落ちることさえ、自然にとっては、生命の連鎖にしっかりと関わっている。では、わたしが少女のバケツに枯葉を見て会話することが、どんな連鎖に関わっているのか。ライプニッツは充足理由律を唱え、すべての出来事や存在には原因および理由があるとした。なら、少女と出会う→バケツ一杯の紅葉→枯葉を貼った児童画という連鎖にも意味や根拠はあるということか。その意味をわたしが捉えきれていないということになるのか。果たして、わたしと美奈子の出会いの意味は、そして別れの意味は何なのか。

行為の連鎖が意味を持たずとも、一つの物語となることは確かだろう。日々において、ほとんどの記憶は混じり合い溶け込んで霧散していくが、断片としての物語は時間に痕跡を残して、わたしという大きな物語に吸収されていく。そして、わたしという物語は、さらに大きな物語に織り込まれていくのだ。

美奈子という物語はわたしの中に深々と根を降ろしている。自我とは意識でもなく、ましてや情報でもなく、いろんな物語の累積だと思う。わたしの中の美奈子という物語は、美奈子の中のわたしという物語と引きつけ合い、響き合う。

わたしと美奈子の出会いは、友人である画家佐久間の個展会場でだった。広い会場には抽象表現主義の流れを汲む百号を超す大きな作品が多かったが、唯一サムホールサイズの作品が入り口付近に飾ってあった。そのタブローが気になり、顔を近づけて眺めていたとき、背後から「この青が素敵ですよね」と声をかけてきたのが美奈子だった。イヴ・クラインの青よりもやや赤みが差しているような紺一色の作品に作家の新しい試みを感じていたので、同意しながら振り返った。そこに美奈子がいた。「青をスクラッチして下地の臙脂がわずかに見えるじゃないですか、そのひび割れた効果がきいていますよね」といった。そういわれて、もう一度眺めると確かに微かだけどごく細い針で削ったようなひびがある。そこからワインレッドのような下地が覗いていた。なるほど、この効果が青を引き立てていたのかと感心した。

作品を眺めながら「気がつかなかった」というと「そうなんですよ、このスクラッチがすごいんですよ」と美奈子も作品を覗き込むようにして、わたしと顔を並べてきた。美奈子から柑橘系の匂いがした。作品の青と柑橘系の香りが混ざり、不思議な浮遊感をわたしにもたらした。

佐久間の後輩だと美奈子は自己紹介した。現在はグラフィックデザイナーを生業にしながら主にリトグラフを刷っているといった。貴女の作品が見てみたいといったら、来月からこの近くのギャラリーでグループ展をやるので、ぜひ訪ねてくださいと誘われた。

グループ展は「春の画《え》」と題されており、現代の春画をテーマにしていた。美奈子は五点出展していた。いずれも男女の絡みを描いているのだが、男を水墨画のようにグレーの濃淡で描写しており、女性のみを彩色してあった。官能に浸る女性の表情は一筆書きのように細い線で的確に表現されており、カラーペンシルも混じえながら色付けされていた。あえて動きは感じさせず静物画のような印象であり、頂きの一瞬を求める女性特有の欲望とその必死さをわたしは感じた。「性に憑かれているようだ」と評すると、あの時、女は神と接近できるのと美奈子はいった。その神に、わたしは苛立つことはなかった。美奈子の神をゆっくりと育んだ時間を思い、そして少しばかり憎んだ。

美奈子とは、同じ時間を過ごし、同じ風景を見ていたと信じていた。だが、近づけば近づくほど僅かな差異が気になってきた。それは、避けられぬことだったのか。

誰もが誰かを求めている。植物であれ、動物であれ、生きとし生けるものは、自分ではない他者を求めている。それが芸術の基本だ、という話がきっかけになった。

「そのうち高度に進化したＡＩが量産されるでしょ?」と美奈子がいった。

「たぶん、そうなるね」

「全く同じＡＩロボットが二機あると仮定するの」

「つまり完璧な双子ということ」

「そう、その双子のＡＩが同じ環境で同じ情報を与えられたら、まったく同じＡＩでいられるか。わたしは違うと思う。双子のＡＩは個性をそれぞれに育んでいくと思うの」

「つまり、人間のように違う個体になっていくということか」

「わたしは、わたしたちの自我には差別化という仕組みが基本として備わっている、と思う。わたしはあなたとは違うという区別、差別。それは自我の、自我が持つ存在理由であり防御本能のようなもので、自我として存在する限りにおいて必須なもの。だから、高度なＡＩにも差別したり区別したりする機能が備わってくるはず。そんな働きが自分へ向かうのは当然だわ」

「われわれは、存在する限りにおいて、他者とは違うものになろうとする資質が備わっているということか」

「あなたではなくわたしという区別。自分という存在、自我、自意識がある限り、差別化という意識は免れないわ。でも、愛するという行為は同類化という意識なの。それは、神の領域、大いなる意志だわ。あなたを認め、あなたと一緒になりたいという意識は、差別化と同類化を前提として成り立っている。あなたを認めることは、他者を認めること。他者であるあなたと共通した何かを得たいと思うこと自体が、大いなる流れに捉われている。いずれＡＩに自我が備わってくるのなら、同じことだと思う。双子のＡＩはお互いを認知してコミュニケーションを図ろうとする、それが自意識を、それぞれの個性をつくっていくの。でも、残念ながら、同類化である愛を持ち得るとは思えない」

自分が他者と違うという意識。それはＡＩにも生まれるというわけだ。当初、コンピュータには均等な能力が求められた。一つの問いに対して、どのコンピュータからも同じ答えが必要だからだ。ロボット機械は、全く同じ均質な能力を必要とした。同じ製品をつくるには同じ性能が必要とされた。しかし、高度な進化を遂げたＡＩは、人間の能力をはるかに超える存在になっていく。自らを自らで進化させていく。そんなＡＩが、差別化の意識を持った自我を生み出すことは想像に値する。そのようなＡＩにとって、自我とは何なのだろうか。お互いへの愛は生まれないのか。

美奈子は続けた。

「自我の根底には個の意識がある。人間は誰しも、個として生まれて、個として死んでいく運命を受け入れている。解脱とは個を抜け出して全体になるということでしょう。それは愛そのものになることと。果たして人間は、そんな解脱をほんとうに望むのかしら。宗教者が行の最終目的としての解脱を目指すことは考えられるけれど、誰しも個を失うことは決して望まないと思うの。自我は自分を縛る鎧だというけれど、その鎧を脱いだら自分でなくなる。自我とは人間存在の根底にあるもの。誰も、自分からは逃れられない。自分という意識を捨てられない。自我がある限り、わたしたちは神になれない。でも、自我がない限り他者を意識し、愛することはできない。だから、自我は信仰の基本になっている。自我を持つわたしたちは、全体を志向して、祈り続けるしかないの」

わたしであるという意識、自我がある限り、あなたとは違うという意識を持つ限りは、神という全能者にはなれない。それは折口信夫のいう別化性能と類化性能であり、その相対の認識は表裏であり同一だ。そこまでは理解できるが、だから信仰があるという結論に違和感を覚えた。誰にも大なり小なり、類化性能、共通項を見つけ、友となり、さらには全体を志向する願望はある。ヒットラーにもあった。だが、ヒットラーは神ではなかった。彼の類化性能はユダヤ人という他者を差別化した。類化性能を持つことは、必ず差別化につながらざるを得ない。

「自意識を持つこと、他者とは違うという差別化がある限り、人は孤独であり続ける。だから、全体を想像する力、つまり神を想像する力、信仰を持たざるを得ないの」

「神は大いなる善だ。けれどこの世界を善とはいえないだろう」

「いえ、世界は善だと願うことが必要なの」

林を抜けて、大学の構内へ入り、正門近くのバス停まで行く。

女子学生が二人、大きなスナック菓子の袋を間に置き、バス停のベンチで談笑している。彼女たちを包むように、消えゆく茜に淡墨を流したような夕暮れが彩度を落とし、わずかに傾いて立つ街灯が弱々しく照らしていた。突然、一匹の蝙蝠が街灯の光に飛び込んだ。女子学生が二人同時に嬌声を発して飛び上がる。菓子袋がベンチから落ちる。そこに、バスが到着した。笑いながら逃げ込むように女子学生はバスに乗り込んだ。わたしも彼女たちに続く。バス停にはこぼれたスナック菓子と彼女たちの残した騒めきがあった。出口脇の優先席に老婆が置き忘れたように座っていた。降りるべき停留所を乗り過ごしたのだろう。身動き一つしないで外を眺めていた。空気音が鳴りドアが閉まる。運転手の嗄れた声の案内が入りバスが動き出した。蝙蝠はもういない。夕暮れが一つ闇を深めた。

美奈子と二人で外出する際には電車よりもバスを使ったものだ。住まいの近くにバス停があったということもあるが、二人ともバスに揺られて見る風景が好きだった。正確に運行する電車に抗して、規則通り来ないことも気に入っていたのかもしれない。遅れて来たバスの小さな影を街道の向こうに発見した時の嬉しさはいつも新鮮だった。眼の良い美奈子は車の群れから真っ先に見つけて教えてくれた。あの明るい「ほらっ」という声を、懐かしく想い出す。彼女の指先にはバスの影だけではなく、いろんな美しいものがその時々にそこに在った。

乗ったことのないバス路線を選び、二人で終点まで行って、初めて降り立つ町を楽しんだ。終点が何もない折り返しだけの停留所だったりもしたが、大概はある規模の町の体をなしていた。

終点で降り立った町の商店街は凡百の観光地よりも見所が多い。そこに住む人の生活が窺える商店街を歩くことに決して飽きることがなかった。途中の総菜屋で買った天ぷらなどを帰りのバスの中でつまんだものだ。大概は車内が見渡せることもあり、後ろから一つ前の二人席に座った。一日中歩いたこともあり、美奈子は帰路のバスでは必ずわたしに寄りかかり眠った。わたしは肩に美奈子を感じながらバスのローカルな車内広告を好んで読んだ。土地柄が出た広告は面白かった。その路線に秘められた物語があるように、停留所の名前も注意して聞き取った。バスが角を大きく曲るときに、美奈子の体重を感じた。彼女は隣にいた。その時は、これからもずっと隣にいるのだろうと信じていた。

いま、わたしは一人でバスに乗る。隣に美奈子はいない。


あの頃のわが家の近くには緩やかな坂があった。ほんの数秒の間、バスは坂を下り再び上る。すり鉢というよりも浅い大皿状の地形変化を、体感としてはほとんど感じ取れなかったが、窓外の風景がわずかに上下に揺らいだことで気づくことができた。それは、わが家が近づいたシルシでもあり、降車の仕度をしたり、運賃を確かめたりする合図だった。

今でも鮮明に覚えているのだか、バスが坂に差し掛かった時、唐突にある疑問が湧いたことがあった。「鳥の群れが一つの塊として同時に方向を変えるときに、鳥たちの間にはどんな連絡があるのだろうか」。この疑問は、わたしの疑問だったのか、美奈子のそれなのか。そう、あの疑問は美奈子のものだった。

美奈子とはよく水族館へ行った。美奈子は、壁に嵌め込まれた幾つもの水槽が薄暮の空間に灯っている風景を好んだ。美奈子は大水槽の前を動かなかった。鰯の群れがふっと方向を変える瞬間の煌めきを好きだといった。群れの意思の疎通を想像しただけで心が踊るといった。群れ全体に及ぶあの共通の意思を、わたしたちは身体の奥底に忘れているだけだ、と美奈子はいった。「あなたといると、かすかだけれど、その意思を感じることがあるの」。その意思が言葉でないことは間違いない。そして、美奈子がいうその共通の意思に、わたしは気づくことはなかった。そのことを、今更ながら気に病んでいる。

バスの中での不意の疑問の生成は、バスの微少な重心移動か車窓の変化がきっかけだったに違いない。こうして文字に直すと、一瞬に近い出来事が大層な経緯になってしまうのだが、そう、コップに差し込んだ陽射しに影が落ちて食卓の表情が少しばかり変化するくらいの瞬時の出来事でしかなかった。記憶の蘇生、その順序に規則はない。自主的な思い起こしをした場合は別として、何かがきっかけや糸口になるのだろうが、その何かは外部の刺激だったり、体調の変化だったり、記憶の連鎖だったり、その場その場の偶発的な要因だと思われる。しかも、そのきっかけが記憶のボリュームや明度をも調整してしまう。記憶はその蘇生によって成長したり衰えたりもする。たぶんその記憶を引き出した何かが影響をしたからだと思うのだが、すっかり忘れていた想い出が突然に蘇って驚くことはよくある。いつもの部屋に入ったとき、根拠のない違和感を覚えることもある。誰かが何かをいじったのではないかとの不安、それは記憶と現実のズレによるものではないか。そう考えると記憶が支配している領域はかなり広く深いものと思われる。また、記憶の位置や組合せが、時間や状況や運動によってわずかながらも変化していくことも知っている。記憶はつねに更新されるという。思い出した記憶が同じ記憶を塗り替えていく。微風が地表の落葉の位置を動かすように、記憶の位置や質に変化が生まれ、他の記憶に影響していくのだろう。青地に強烈な赤が描かれた時、地の青に補色の緑が被って見えることと同じだ。強烈な出来事が過去の記憶までをも変えてしまうこととも同じだ。

ある小説が、それを読んだ人の世界を大きく変質させることがある。音楽や絵画においても同様の経験はある。そのことと同じだ。

美奈子と別れて以来、日常の風景がわずかに変質したと感じた。時間の質や密度、その速度さえにも変化を感じた。感覚の変化は、いずれは思考の変化、価値観の変化までにも連鎖していく。経験のバタフライ効果とでも呼ぶべきか。忘れ得ない記憶は日常の時間に軌跡を残す。その軌跡もいつしか埋められて元に戻るが、記憶そのものが変質したことに自覚は得られない。濁りのない敏感な感性を持っているなら、記憶とともに、日常の風景が少しずつ変化していくことに気づくのだろうが。

美奈子と過ごした時間の濃度は、後々の時間に様々な化学変化をもたらしただろう。たぶん、いまわたしが見つめる風景も、彼女の影響を受けているはずだ。どこをと尋ねられても指摘はできないが、確実に彼女の視線の痕跡は残っていると思う。それは、言葉ではない記憶。それが表現できるのなら素晴らしいと思う。わたしには、それを言葉によってしか表現できないジレンマ。わたしの中の美奈子の見えない痕跡、見えない重力。おそらく、花卉や木々の名前を知らないことが気になっているのも、間接的にはそんな彼女の記憶のせいだと思う。

酔った美奈子は〝サヨナラ、アリガトウ〟と歌う。メロディーを少しずつ違えながら、サヨナラ、アリガトウの歌詞を繰り返し、探るようにゆっくりと歌った。それは何の歌かと尋ねると、わたしのレクイエムと答えた。そして、こんなことを話した。

「わたしが盲目で生まれてきたら、と想像してみるの。全盲の世界って、目の見えるわたしが思うから、つい闇として考えてしまう。でもね、そうではないと思うの。たとえば、人間よりも一つ多く六つの感覚を備えた宇宙人がいるとして、彼らは人間に対して、わたしが全盲の人に感じるように、六つ目の感覚の喪失を闇のように思い描くはず。でもね、六つ目の感覚を知らないわたしたち人間は、この五感で感じる世界をすべてだと思っている。すべてだと受け入れている。そんなふうに、全盲の人も自分が感じる世界をすべてだと受け止めているに違いないの。だから、視覚のないことも闇だと思わないはず」

四感、三感がわたしの全感覚だとしたら、わたしが想像する世界とは、どのような世界なのだろうか？　たぶん絵画や音楽、文学が求めている世界とは、そのような世界なのかもしれない。三感、二感、もしくは単一の感覚から描かれた世界は、この五感での世界に対して新しい切り口を示すに違いない。それは、言葉を閉ざすことで、新たな絵画が生まれたように。

「もし、全盲の世界を生きるとしたら、わたしは毎日歌を歌うわ。そして、毎日一曲ずつ、歌を覚えていきたい。毎日、一曲分だけ世界が広がっていく。音を知るために音楽を学び、歌詞を理解するために、文学と語学を学ぶの。読むことはできないから、すべてを聞いて憶える。ホメロスのように。やがて、わたしが歌う歌の響きで、季節や気候を感じたり、声の調子で自分の健康がわかるようになる。発声の高低や柔軟性、奥深さは、年齢や歳月を感じさせるだろうし、歌の種類の変化はその人の気持ちの変遷から歴史までを表すわ。子どもの時は童謡で、青春期にはリズムのあるポップスだったり。いつしか歌うことは、風の音、樹々の騒めき、川のせせらぎと同じものになっていく。そして、死の床で、歌いながら息を引き取りたい。〝サヨナラ、アリガトウ〟のリフレインで。遺言書には歌った歌の曲名をぜんぶ綴る。墓碑には歌った曲の数だけを彫ってほしい。美奈子、八千三百五十六曲を歌い、ここに眠る」

美奈子はミラノの研修期間を終えてベルリンへ移った。その後、東北の美術大学に教職を得て赴任する。今では消息は年賀状だけになったが、書き添えられた句がわたしの新年の楽しみになっている。今年の句はこうだった。

ひかり落つ　ましろき画布に　春は来ぬ

ああ、美奈子の中に父の物語が生きていると感じて、束の間だが、嬉しくなった。

光は質量がない素粒子だと父に教わった。質量がないからあれほど速く進む。だが、量子の絡れには速度はない。どれほど離れていようが関係は同期する。それは、宇宙が一点から生まれたと考えるなら納得できる。宇宙は無と有の揺らぎから広がったとも教わった。揺らぎとはエネルギーだから、宇宙という空間にすべからく偏在している。その偏りがエネルギーであり、四つの力であり、それは確率でしか捉えられない。波打つエネルギーの波頭が素粒子となった。人間とはそんな波打つエネルギーから成り立っている。川の流れ、風の戸惑い、光の煌めき、そのすべてが、わたしたちをつくる素粒子の揺らぎと連なっている。

美奈子の作品は、そんな色彩の揺らぎを掴まえ表現しようとしている。

途切れた物語、打ち切られた物語はつねに、誰でもいいから、どんなカタチでもいいから、語り続けられることを欲している。それは、堰き止められた流れのように、いつしか溢れてくるものがあるからだ。時間は戻すことはできないが、どんな物語も、時を経て、再び語りはじめることができる。だが、いざ言葉にして語り継ごうとすると、それまでの物語自体を変質させてしまう不安に見舞われる。美奈子の物語も、父の物語も、このわたしの物語さえも、言葉にすることで変化させてしまうかもしれないのだ。脳内で記憶が思い出されるたびに、更新されていくように。それでも、わたしは美奈子の物語、父の物語を語りはじめるだろう。それが、わたしの物語である限り、語りはじめるしかない。

バスは終点に着いた。眠っていたのだろうか、気づくと乗客はわたし以外に誰もいなかった。降車を促す自動音声の後に、運転手の図太い肉声で忘れ物に注意して降りるよう急かされた。停留所は幹線沿いに設けられた折り返し用のロータリーで、見知らぬ地名だった。バスが去った停留所には、三脚の雨ざらしのパイプ椅子が置き忘れたようにあった。乗るべきバスを間違えたのかもしれない。時刻表を見ると、最終バスは終わっていた。

女は
みんな
嘘をつく

私は、自分の幸福におびやかされているのです。

P・クロソウスキー「ロベルトは　今夜」より

一　すずこ

雨の日、すずこは捨て猫のように階段に座っていた。

初音《はつね》の住まいは路地から入った一軒家の二階で、家主が自宅の一角を貸家にしたものだった。勝手口の引き戸からすぐに鉄階段へと続いており、途中に狭い踊り場があった。階段脇には、住まいを見張るように大きな楡の木が立っており、鉄階段から二階のドア付近までを覆っていた。そのせいもあって、貸し間の存在が隠されて、新聞の勧誘はもとより、宗教への誘い、保険のセールスマンなど突然の来訪者は皆無だった。

すずこは、鉄階段の踊り場に、六月ながらも寒そうに身を縮めて座っていた。そこなら雨を避けることができる。帰宅した初音は傘をさしていたので、踊り場のすずこには気づかなかった。鉄階段を上ってきた初音は、目の前に現れたすずこに驚く。すずこは立ち上がり、すまなそうな表情で、お帰りなさいといった。そのあまりの自然さに、初音は傘を閉じることも忘れて、「ただいま」と答えてしまう。すぐに気が付いて、「初めましてですよね」と尋ねると、「はい」と頷いた。彼女は、ジーンズに白いセーターを羽織っており、裸足にデッキシューズを履いて、ビニール傘と小さな紙袋を傍に置いていた。年齢は初音よりも幾分上で、三十になっているかいないかと思われた。切れ長の目と細く高い鼻梁は、きつね顔と称される類のものだろう。髪はボブヘアーと呼ぶのだろうか、うなじあたりまでの長さで中に巻くようにふわりとカットしてあった。

彼女は「紺野すずこと申します。わたし、この部屋に昨年の春まで住んでいた者でして。お部屋が懐かしくて、拝見できないかとあなたを待っていました」といった。その唐突さに、初音がどのように返事すれば良いか迷っていると、「この部屋での最後の半年間、一緒に暮らしていた者が三週間前に亡くなりまして、どうしてももう一度この部屋を見たくなり、矢も盾もたまらず来てしまいました」と説明する。余りに突拍子もない理由と、セリフを読んでいるかのような彼女の物言いに、初音が思わず「はい」と返事すると、ケーキショップの紙袋を差し出して「こんなもので、勝手なお願いを聞いていただけるとは思わないのですが、よろしくお願いします」と頭を下げて、畳みかけてくる。彼女が視線を下げたため、初音が右手にコンビニの袋、左手に傘と、両手が塞がっていることに気づく。「あっ、これ持っています」と紙袋を引っ込め、右手の袋を奪うと胸に抱きかかえた。初音も「すみません」と何故か謝り、傘を閉じて玄関脇に置き、ポケットから鍵を取り出して、ドアを開けた。当然のように、すずこは一歩下がってドアが開くのを待っていた。玄関に入り、スイッチを入れると手前のキッチンだけが明るくなった。「どうぞ」と彼女を促して部屋へ上がる。彼女は初音の足跡に自分のそれを重ねるように玄関に立つと、部屋を見渡し「ああ」と感嘆して、束の間佇んだ。

呆然と立っている彼女を見ていると、初音は、何故か、この情景を子供の頃に読んだ変身譚のようだと思った。すずこという女は目的を果たすと狐か鶴に戻るのだろうか。

紙袋のお土産はケーキではなく、彼女が作ったというローストビーフだった。亡くなった同居人、塔子の好物だったそうだ。ローストビーフを焼き、誰かと一緒に塔子の想い出を語りたいと思いまして、といった。いくら好物とはいえ、喪に服している期間でローストビーフなのか。その相手がなぜ私なのか、と初音は訝った。突然の訪問、不意の要求、ローストビーフ、すずこと名乗る女が、次々と驚きのカードを切っていく。そんな展開に初音は引き摺られ、次第に馴れ始めていた。次は何かと期待するまでになっている。初音はローストビーフのために備前焼の大皿を出し、キッチンのテーブルを片付ける。彼女は勝手に隣の六畳間へ入り込み、迷うことなく壁のスイッチを探り当て、灯りを点けた。押入れ上の鴨居を見上げ「あった」といった。「これって塔子が彫ったシルシなんです」と指をさして、嬉しそうに初音に告げた。鴨居の傷といっても良いような、そう思って見ればかすかだがマークのようなものが刻まれていた。そんな初音の視線を強引に引き戻すかのように、すずこは、テレビはここ、本棚はここと、自分が住んでいた時の部屋のレイアウトを説明し始める。漫画を仕事としているらしく、初音のベッドがある窓際に、大きな机を置いていたという。塔子とは高校の漫研で一緒になり、卒業してからは別々の大学へ進んだのだが、いつもすずこの作品を読んでもらっていたともいった。

すずこは六畳間からキッチンへ戻り、テーブルに着いた。初音を手伝い、手際よく食べ物飲み物を並べる。その所作は、何年もともに過ごしてきたつれ合いのように自然だった。自分が持ってきたローストビーフを皿からひと切れ摘み、口にして、納得したように頷いて、こういった。

「画家のダリにガラというミューズがいたの、知ってますか？　ダリの恋人であり、妻であり、母であり、インスピレーションの源泉だった人なんです。塔子はわたしのガラだった」

「つまり、塔子さんはあなたの恋人であったの？」と思わず直截に尋ねてしまう。

「ええ、わたしの一番大切な人でした」と、すずこは少し誇らしげに答えた。

「塔子は何度も男に追い出され、わたしの部屋へ逃げ帰ってきました」と六畳間を振り返り、そこに塔子を見るかのように話し続ける。すずこの淋しげな目にちらちらと燃えるものを見つけた。

「いつもは、一晩泊まると、翌朝にはけろっとして、すずこがあたしを欲しくてたまらなくなった頃合いだから来てあげたの、みたいなことをいう。そんなときの塔子は優しくって、わたしの手をとったり、肩を抱いたりして、話してくれる。でもね、夕方になる頃には、そわそわし始めて、ついには帰ってしまう。けれど、一昨年の夏は違ってました。その頃は何ヶ月も音沙汰なしだった。メールしても、電話しても、塔子から返事はなかった。それが突然、逃げ込んできたの。心から怯えていました。全身で震えているのがわかるほどだった。首筋と胸元に赤いみみず腫れをつくって、やせ細っていた。さっきのわたしとおんなじで、あの階段の踊り場に座っていました。うん、雨も降っていたかもしれない。すぐに部屋に入れて、お風呂にお湯をためました。着ていてたものを全部脱がして洗濯機に放り込み、お風呂に入れたの。何日も体を洗っていないらしく、すえた匂いがしていた。石鹸の泡を立ててわたしが両手で洗ってあげました。胸も、お尻も、全部というほど肉が落ちていた。わたしの指先に塔子の細い骨が一本ずつあたっていく。そのたびに悲しくて涙が止まらなかった。でも、たまらなく幸せだった。これで塔子はわたしのものだと思いました」

塔子は追いかける女だと、すずこはいった。男が背を見せて逃げると、火が着いたように追いかける、逃げられると急に惜しくなり、欲しくなる。逃げられて初めて恋したことに気づく、そんな恋しかできない女。だから、最初から破局は始まっている。破局が決まっているから、なおさら塔子は追い縋って傷ついてしまう、とすずこはいった。初音は逃げようした途端、襲ってくるネコ科の野獣を思い描いていた。牙を立て暗闇に瞳を赤く輝かせて獲物を探している。低い唸り声に欲情と諦観を同時に聞き取れる。

初音はワインを開けて、二人のコップに注ぐ。自分用に買ってきた弁当を温めて皿に出す。冷蔵庫にあったチーズとキュウリを切って、クラッカーに添えた。そして、すずこに向き合って腰をかけ、「すずこさんも、塔子さんが結局は手に入らないから、手に入らないことを知っているから、塔子さんを好きになってしまう。おんなじだよ」という。いってしまってから、つまらないことをいったな、と反省する。

すずこは素直に「そうかもしれない」と初音の言葉を受け止める。なおさら、初音は後悔を深める。

「そう、わたしは、塔子に狂っていたの。今考えると、明らかに狂っていました。彼女を目の前にすると、彼女が遠のいてしまうのではないか、わたしから離れてしまうのではないか、と恐れるばかりで、怖くて怖くてしょうがなくなる。でも、塔子を求めると逃げていくことはわかっている。だから、祈ること、お願いすることしか出来なかった。自分を差し出して、好きに虐めてもらうことしか考えられなかったの。憎らしいことに、塔子はそのことをすべてわかっていた。わたしの混乱や焦燥を理解して、計算づくでわたしを操っていたのです。そんなことも、わたしには嬉しかった。狂うって、蟻地獄みたいなもので、抜け出そうとすればするほど落ちていく。悲しいことに、それがまた嬉しいの。それまで、わたしは何事にも夢中になれない人間だって、ずっと思っていました。だから、夢中という意味が良くわからなかった。夢中になるって、飢えること、渇くこと、狂うことなんです。渇くことに渇く、狂うことに狂うことなんです。機嫌の良いときの塔子は、わたしの手を握って話してくれます。わたしの胸に手を置いて、心臓の鼓動を確かめるようにして、見つめてくれるのです。その一瞬だけでわたしの一生分満ち足りるのです」

すずこはクラッカーにキュウリを乗せて、かりかりと齧る。一口だけワインを含む。紅をつけない唇を赤い雫が濡らす。そして、塔子に狂ったすずこについて、あたかも他人をいたわるように話す。自らを遠くへ突き放して話す。すずこがすずこを創作しているようにも思えた。そのことは、彼女が漫画を描いていることと関係があるのだろうか。ただ不思議なことは、話す主体である本人がそこにいて、同時に語られる本人がそこにいて、ワインを呑み、クラッカーを齧っているということだった。

すずこが持参したローストビーフは、噛むと弾力があり、血の味が滲む肉汁がじわりと舌先に広がった。添えられていたクレソンの苦味、ホースラディッシュの辛みと合わさって、ワインが何杯でもすすんだ。ローストビーフの歯応えのある味わいの前に、すずこのお喋りはあまりに現実味がなく聞こえた。

雨音が聞こえた。初音は、ふと今日は音楽をつけ忘れていると思った。それだけ自分が混乱していた証拠なのだ。普段の時間を忘れていた。帰宅したら、まずオーディオ装置の電源を入れる習慣だった。ユウがこの部屋に来て、ワインを開けるときには必ず音楽をかけた。ユウの iPhone をコンポに同調させて、ユウのオススメを一緒に聴く。今日は音楽を聴かず、ユウのために買い置いていたワインも開けてしまった。いつもユウが座る椅子にすずこがいる。浮気ではないと思うが、僅かに後ろめたさを感じながら、言い訳のように自分にいい聞かす。すずこは、塔子が好きな同性愛者なのだと。

少し酔ったすずこは饒舌になる。

「塔子はわたしを齧るの。指や耳や胸やお尻や鼻を齧る。足の指までも齧る。塔子の唾液の匂いがだい好き、舌先のチロチロもだい好きだけど、塔子の小さな白い歯はすごっく痛い。愛情と虐《いじ》めの両刀づかいの最高技術だわ。塔子といるとわたしの身体は塔子の歯形だらけになってしまう。でもね、ガラがダリを鼓舞したように、塔子はわたしの耳朶を噛みながら、耳元ですずこは漫画の天才だと褒めてくれる。そして次には、わたしが才能を鼻にかけている、といって鼻を齧るの」

それは二人の愛情行為なのか、欲情行為なのかと、迷う。陶然と語るすずこを見ていると、噛んでいる塔子と噛まれているすずこを想い描くことができない。イメージを浮かべようとすると、ほろほろと崩れてしまう。イメージの混沌は、初音に「塔子さんはあなたのことを愛してくれたの？」と訊かせる。

「塔子はね、わたしのことを愛してるとは決していわなかった。でもね、好きだから噛むのというの。快楽ってすぐに消えてしまうけれど、苦痛や苦悩はいつまでも肉体に記憶として残るから、とわたしに付けた赤い歯型をさすりながらいうの」

「塔子はいうの、わたしは愛情なんて信じない。わたしの愛情なんてなきに等しい。わたしはすずこに発情するだけ。嫉妬するだけ。だから、すずこを傷つけたい、思い切り泣かせてあげたい。わたしがすずこに出来ることは、これくらいしかない。血の味がしない欲望なんていらないよ、って」

すずこはグラスを持ったまま立ち上がり、六畳間へ行く。鴨居のところまで行って、手を伸ばして、かすかなシルシに触れる。塔子を愛撫するように、謎の点字を読み取るように、目を閉じて、指先をゆっくりと往復させる。それは、愛情よりも苦痛を選んだ二人の、視覚よりも触覚を信じた二人の証のようだった。そうすれば、塔子との二人の記憶が永遠に続くかのようだった。

すずこは片付け上手で、反対に塔子は片付けられない女だったらしい。だから、すずこは塔子の部屋に上がったことがない。部屋中が漫画と本で埋まっており、引越しさえできない有様だと、塔子はいっていた。あなたの部屋へ行きたいといっても、汚いからダメと断られた。「あたしがすずこの部屋に行って、部屋もすずこも汚して帰る一方通行でいいの。だから、来ないで、来ちゃダメ」といって、住所さえ教えてくれなかった。部屋はわたしの汚点、すずこには、この、今のわたしだけを見つめてくれればいいの、といった。

塔子が散らかしたものを、すずこが片付けながら従いていく。すずこは、そんな毎日が大好きだった、といった。

初音は再度、塔子をイメージするが、形を結ぶ前に崩れてしまう。初音は「塔子さんって、どんな人なの?」と尋ねた。

塔子は英国十九世紀の画家ロセッティが愛したウイリアム・モリスの妻ジェーンに似ている、と突拍子もない返答をする。ロセッティの代表作「プロセルピナ」などのモデルとなった女性で、彼女への生涯にわたる恋慕がロセッティの妻エリザベスを自殺までに追いやった。すずこは、スマホに入れた「プロセルピナ」の画像を見せてくれた。塔子の写真はないのかと初音が尋ねると、「見せない」と断られた。「なぜ?」と詰め寄ると「どーしても」と怖い顔で返事された。少し俯いたプロセルピナはすずこにも似ていたから、「塔子さんとあなたは似ていたの?」と尋ねると「ぜんぜん似ていない」と、現在形で、不機嫌な声で否定された。塔子のイメージを他人に抱かれることが嫌なのか、男である初音が塔子を思い描くこと自体が嫌なのか。それとも、と疑念が湧く。塔子はすずこの想像上の人物だからなのではないか。

二人の蜜月は半年続いたが、塔子の事故で途切れる。

塔子は、すずこ宅へ転がり込んで、ほぼ一週間で元気を取り戻し、職場である区立図書館に再びすずこの部屋から通い始めた。すずこも初めての連載を貰った時期で、塔子との同居も叶ったこともあり、忙しく、毎日が充実していた。

黒猫が迷い込んだことがあった。

すずこが近くのコンビニから戻ると、庭に面した窓枠に黒猫が座っていた。冷蔵庫からミルクのパックを取り出し、白い液体を小さな皿に入れて窓際に置いた椅子に載せた。黒猫は逃げることなく小皿に近づき、鼻を一瞬ひくつかせると迷うことなく椅子に飛び移り、ミルクを飲んだ。赤い首輪をしているから、飼い猫なのだろう。以来、黒猫が訪れるようになり、来るたびにミルクをあげていたら、すずこの膝に乗るくらいにまで懐いた。

夕食後、塔子がビールを片手に窓枠に座っていた。すずこも椅子に座って庭を眺めていた。その時だった。黒猫がふいに現れて、塔子の膝に移った。驚いた塔子は立ち上がり、黒猫を大きく払った。黒猫は窓から空中へと跳ねる。すずこは凍りつく。塔子の手に払われた黒猫は、一瞬空中で静止する。すずこと一瞬目が合う。そして、美しい回転を見せて、暗くなった庭の苔に着地した。すずこにホッとした表情が戻った。その日から、黒猫は現れなくなった。

前日から降り続けた雨は夜半から上がり、火曜日の午後は日差しさえ出ていた。すずこは打ち合わせに出版社へ出かけ、その日が休館日の塔子は、一人留守番をしていた。二月が嘘のような暖かな一日だった。塔子は昼過ぎまで寝ており、空腹のために目覚めるとサンドイッチが食べたくなった。近くのスーパーで食材を買い込んで戻った。料理を苦手とする塔子だが、さすがにサンドイッチくらいは作ることができたので、すずこの分までと張り切った。大皿に何種類かのサンドイッチを並べた。ピクルスとポテトチップも添えた。だったらと、ワインを開けて、サンドイッチを摘んだ。心地よい午後の酔いと、満ち足りた食欲が、睡魔を呼び込みそうだった。風を通すために窓を開け、窓枠に腰掛けて、グラスを片手に椿が咲く庭を眺めた。昨夜の雨を含んだ苔が絨毯を敷いたように広がっている。椿の落花の赤が点在する深い緑が目に沁み入るようだった。ワインの酔いもあり、苔の緑が余りにも目に優しく、官能的で、ベルベットを思わせた。苔の肌に頬ずりしたくなる誘惑を感じた。身体を捩り回転する黒猫のイメージが蘇った。不意に塔子は窓から飛び降りる。苔庭は柔らかな雲のように塔子を受け止めてくれるはずだった。どんという音に大家が庭の障子を開けると、苔の上に塔子がうずくまっていた。足首が奇妙な形にねじれて、呻いている。急いで救急車を呼び、塔子を助け上げた。

すずこは大家に電話で呼び出され、塔子が治療している病院へ駆けつけた。怪我は右足首の複雑骨折でギブスが取れるのは二ヶ月ほどかかるだろうといわれた。すずこは病院で大家から「単身で住むことを条件に貸したので、同居するなら更新は約束できない」と叱られる。

大家を見送った後、すずこはベッドの上で片足を吊った塔子に尋ねた。

「なぜ、飛び降りたの？」

「苔の庭が、すずこの湿った陰部に見えたから」

すずこは引っ越しを決意して、部屋の更新を断り、二人のための新居を探した。その旨を、入院している塔子に伝えると、塔子はすずこの意に反して自分の部屋へ戻るといった。松葉杖で通うのなら自宅の方が近いし、「あなたといると、自分がわからなくなる」と告げた。「どういうことよ」とすずこは問うたが、「そういうことなの」と塔子は取り合わなかった。そういえば、とすずこは想い出す。この半年、塔子はわたしを噛むことがなかった。

初音はすずこから塔子の想い出を聞くことで、語られた塔子の夢を見るようになる。夢の中で塔子は黒猫の化身として現れる。彼女が、窓から飛び降りたという話がそうさせたのだろう。黒猫の塔子は初音の部屋の窓際にじっと蹲っている。時に初音は迷惑だと窓の外へ追い払う素振りを見せるが、塔子は無視するように動こうとはしない。首をもたげてハァッと小さな牙と舌を見せて威嚇するだけだ。初音は諦めて、食事を作り、掃除をして、洗濯機を回す。塔子はそんな初音の動きをひたすら、桃色の舌で毛繕いしながら、大きな目で追っている。
多分、その夢は、初音がすずこ、塔子、ユウの物語を書きたいと思ったこと、彼らの記憶を言葉で再構成し始めたことと関係あるのだろう。初音は、夢とは、言葉でないものと言葉との橋渡しの役割を果たしていると考えている。つまり、夢は記憶と物語の関係を明らかにする筋道であるはずだ。あの時、すずこの突然の訪問の際に、何かしらの変身譚を思い起こしたこととも繋がる。初音は思う、言葉にならないもの、名付けられないもの、夢の源泉、変形の原型、混沌、それらのすべてに、すずこ、塔子、ユウでさえも、女性性は男性性よりも一歩近い。だから、男から見ると女の話は混沌そのものなのだ。その混沌から、初音が物語としての言葉を選ぶことは、男性性が示す愛情であり裏切りなのだろう。裏切りへの後ろめたさから、男たちはいつでもいつまでも、終わりのない女たちのお喋りを聞くしかない。

狂気が日常となると、日常が狂気に見えてくる。狂人は自分が狂っているとは決して思わないし、狂気の側からいえば彼らは正常以外なにものでもない。ただ、難しいのは、日常と狂気の区別であり、誰もそれを正確に指摘できるものはいない。日常は無意識に狂気へ移ろったりする。しかも、その境界は曖昧であり、それを客観できる立場は存在しない。だから、誰も自分がいま、どちらの側にいるのかを知らない。

もし、芸術、文学に役割があるのなら、その境界を示すことにあるのかもしれない。

塔子の死後、すずこは彼女の両親から、塔子の部屋の遺品整理を依頼される。業者に頼もうと下見で訪れた塔子の部屋は､塔子の言葉とは裏腹に何もない部屋だった。ベッドと机と小さな本棚とドレッサー。窓からは神田川の桜並木が見えた。想像していた部屋とは真逆の風景に出会って、すずこは戸惑い泣いた。塔子はすずこのための塔子として振舞ってくれたのだ。独りよがりな推測かもしれないが、高校生以来の二人の関係を守り、すずこのために演じてくれたのだ、と思った。それは、すずこのためなのか、すずこの漫画のためなのか、それとも塔子自身のためだったのか。今ではもうわからない。すずこは泣くしかなかった。塔子はすずこの塔子を演じてくれたのか。

泣きながら、座った机の上に、コミケに出品するためなのか、書きかけのネームを見つける。

塔子が愛読していたニーチェをテーマとしたものだった。すずこはいずれ、そのネームに絵を描き加え、完成させるだろう。だが、何処にも発表はせずに、すずこ一人だけの作品としておく。死んだ塔子へのささやかな裏切りと愛情。

塔子のネーム

黒猫の新知恵《ニイチエ》と人妻猫の小島さん

路地の黒塀の上で、新知恵さんは、人妻猫の小島さんに愛を告白する。新知恵流の意志の力に則った告白であった。

「きみのお尻にぼくのシッポを付けてあげたい」

小島さんは、小島さん流に恥じらい、拒む。

「あきまへん、あたいのお尻《いど》はワグはんのものどすえ」

新知恵は「ワグなんて棒にふっちゃえばいい」と指揮をするワグのタクトにひっかけて、尻尾をくるっと回し、ニヤリと笑う。

小島さんの気持ちは揺らぐ。笑いとともに小刻みに振れる新知恵の尻尾を見て、身体がじんわりと火照ってくる。世にいう、小島の春。

小島に振られ、ラクダからライオンに変身したての新知恵に、鳥人《ちょうじん》が話しかける。

鳥人の一物はつねに長く伸びて自らの尻に栓をしている、永劫回帰・自己完結型の生き物だ。

「暑さ寒さも彼岸まで、善しも悪しきも彼岸まで」

愛は欲情であり、力への意志であり、ディオニソス的である。

「だから、新知恵よ、小島をやっちゃえ」

新知恵の脳裏に、あの序曲、悪球礼《ワルキュウレ》の騎行が響いてくる。

パンパカパーンパン、パンパカパーンパン、パンパカパーパン、パンパカパーン。

鳥人は長い嘴で羽の一枚一枚を身繕いする。

「永劫であって融合ではない。回帰であって回避ではない」

新知恵はチッと、ルサンチマンの舌を打つ。

二　塔子

　その女《ひと》は、返却された本を細い指先でぱらぱらと捲り、一冊ずつ丁寧に確認すると「三冊返却で残りは二冊ですね」といった。その間、顔を上げることはなかった。声は低く、カウンターに反射して聞こえるかのように遠く感じた。タクマは、彼女の地味な制服と目を合わせない態度に誤魔化されないのなら、誰もが美人だと噂しただろうと密かに思っている。そして、その秘密を自分だけが知っていることに興奮さえ覚えていた。彼女は一日に数回､本棚へカートを押して返却本を戻す作業を行う。タクマはその作業を見計らって、彼女へそっと近づき観察した。本棚は格好の遮蔽物となった。並んだ書籍越しに彼女を盗視し、彼女を追いかけ彼女の吐いた息をそっと奪う。彼女の広い額と高い鼻梁は知的な表情をつくり、太い眉と厚い唇は秘めた情熱を感じさせる。自分の存在を打ち消したいのかと思わせるほど化粧は薄く、俯くと表情を隠す胸まで伸ばした髪に、誰もが騙されていると思っていた。

　受付カウンターの対応でも、表情を見せず、ほとんど顔を上げることなく、声の抑揚も薄かった。ただ、彼女が本の表紙を確かめるとき、僅かだが目元口元を崩すことがあった。その本が彼女の好きな小説だったり、画集だったりしたのだろうと推測できた。タクマはそのことを知ってから、彼女を試すように色々な本や画集、CDを借りてみた。バタイユの「マダム・エドワルダ」、彼女が最も気に留めたと思われた短編集だった。このときだけは、ふっと視線を上げて口角を緩ませた。タクマは、その時の視線、その時の唇を想い出し、なんども自慰を繰り返した。

タクマにとって、大学四年生の二学期は永遠に続くかのように長く感じられた。就職を決めて、卒論を早々に書き上げた。夏休みにアルバイトで貯めた金で旅行をした。旅も二度繰り返すと、たちまち飽きた。フットサルの試合で足首を痛めたので、クラブも辞めた。時間は手に余るほどあった。何もかもを手放したような感覚に襲われた。いや、何もかもから見放されたような寂しさだろうか。多分、それほど複雑な理由ではなく、単に小学生以来、通い詰めだった学校生活そのものに退屈してしまったのだろう。講義を聞いてもまったく身が入らなかった。かといって、何もせずにぼんやりしていることは、もっと辛かった。だから、大学にはほとんど行かずに区立図書館に入り浸った。正確にいうと、図書館に入り浸ったのではなく、その女性《ひと》につきまとったのだ。一人の女性を観察することに、こんなにも夢中になるとは思わなかった。彼女のシフトを調べ、彼女がカウンターに入るときには、彼女を窺える位置に席をとった。彼女が本を棚に戻す時には、近づき匂いを吸い込んだ。だが、彼女の気を引くような行為は避けた。話しかけることもしなかった。ひたすら眺めた。観察すること、記憶することに集中した。蓄積される記憶と欲望は比例するようだった。しかし、どんな情報よりも、現実の彼女が、そこで呼吸をしている彼女が何よりも大切だった。図書館が終わると、通用門が見渡せる公園で待機して、帰宅する彼女を尾行した。道草が多かったので、部屋をつきとめるには時間がかかった。その分楽しめたともいえる。東中野駅北口から坂を下った神田川そばのワンルームマンションだった。部屋にはネームプレートがかかってなかったので、後日、ポストからはみ出したＤＭを一通失敬した。狭山塔子、彼女の名前だ。

塔子は図書館から自分の部屋へ直接帰ることは滅多になかった。すずこの部屋を出てからは、一人でいる時間を嫌い、そのためにも夜の仕事を見つけていた。別の顔、別の世界を持ちたかったのだと思う。

週に三度、大久保で途中下車をする。一階がタイレストランになっている雑居ビルの四階へ通っていた。香辛料が匂う狭いエレベーターで、四階へ登っていくときの興奮が好きだった。

後に尾行をしたタクマが、一階の郵便受けを調べると、ヘブンズゲイトという事務所になっていた。ネットで検索したら、風俗店であり、主にＳＭを目的として遊べるらしい。店のホームページで塔子の源氏名は「くれない」となっていた。他の女性たちも色の和名がついており、大きくＳとＭのグループに分かれて掲載されている。虫や花の図鑑のようだ、とタクマは思った。塔子はMの性癖がある女性として紹介され、着物姿の写真を数葉クリックして閲覧できた。

タクマが店を突き止めた数ヶ月後に、彼は「くれない」を指名してホテルで待つ。見違えるほど濃い化粧をした塔子がやって来て、タクマを見て驚く。塔子はタクマが自分をストーキングしていることを知っていた。図書館の同僚から塔子にご執心な学生がいると冷やかされもしていたので、貸出カードからタクマについての情報をとっていたのだ。K大の学生であり、借り出している書名から推測しても無茶はしないと思っていた。帰宅時の尾行も気づいていたが、この仕事は知られておらず、まさか客として現れるとは予想していなかった。ホテルのソファに座るガウン姿のタクマを見て、「学生の分際で」と少々腹を立てたのは事実だ。ただ、ぎこちなく、遊び慣れている風を装おうとしている彼を、好ましく感じたことも間違いない。塔子は、年齢が一回り上の大人として、対処しようとした。開口一番、自分のことを追い回すのは止めてほしいと釘をさす。驚くタクマに、あなたのことは全部承知だからと畳み掛けた。出鼻をくじかれたタクマは、以後、塔子に隷属することになる。隷属する歓びを知ることになる。

塔子とタクマは結ばれる。塔子はタクマとの関係にすずこのイメージを重ねた。面白いのだが、塔子は自身の中にすずこの存在を重ね、タクマの中に塔子の存在を重ねようとした。これまで塔子は逃げる男しか愛せなかった。タクマによって初めて、男に追いかけられるという恋をした。つまり、タクマを隷属させながら、タクマに隷属する関係を持つことになった。自分が追いかけるすずこになって、タクマが追いかけられる塔子になる関係を擬似的にも作る必要があった。身体を重ねるたびに、絵に描いたような自虐的かつ被虐的、嗜虐的な関係が仕上がっていく。その錯綜した関係に塔子は興奮した。やがて、塔子がすずこを噛むように、塔子が上りつめる際に、自らの首を絞めるようタクマに命じることとなる。それは、常連客となった老人から教えてもらった歓びだった。首を締められ、脳内に快感物質であるβ－エンドルフィンがあふれる。タクマの大きな両手に絞められて、頂へと向かう塔子は、小さく痙攣し、全身をくれないに染めた。タクマは、当初、恐る恐る細い首筋に指を回していたが、胸元から紅色に染まっていく塔子に魅入って、指先にいっそうの力が加わる。塔子も、言葉にならない言葉で、もっとと催促する。そうして半年後、塔子はタクマによって快感のうちに息を引き取る。死の瞬間、塔子は、バタイユの書籍にあった、うっすらと笑みを浮かべて処刑される中国凌遅刑の画像を想い出していた。

「死ぬほど愛して」と、言葉にならない言葉で、塔子の中のすずこが願う。

「死ぬまで愛してあげる」と、言葉にならない言葉で、タクマの中の塔子が答えた。

告別式にて、すずこは図書館の同僚から、彼らの句会で塔子が最期に詠んだ一句を教えてもらった。

火魂《タマ》落ちて　線香花火の　軽さかな

三　タクマ

息をしない塔子の肉体を前に呆然と立ちすくむタクマに、塔子の声が降りてくる。快楽のうちに肉体だけが逝ってしまったからか、塔子はタクマへの気掛かりをエネルギーとして、束の間、そこに浮遊していた。

「わたしは生きているから、大丈夫。さっさと、ここを出て、あなたの暮らしに戻りなさい」

タクマはなぜか「生きている」という言葉に安心して、声に従うようにホテルを出て自分の部屋へ帰る。タクマを見届けた塔子のエネルギーも、安堵したのか消えてしまう。

タクマは心身ともに疲れ果てていたので、食事も取らずにベッドに潜り込み半日余りを熟睡する。目覚めると、塔子についての記憶は残っていたが、塔子への執着がすっかり無くなっていた。彼女は死んでしまったはずだった。だが、「生きている」と塔子の声が告げたのは事実だ。時間を経ると、塔子の死に確信を持てなくなっていった。彼女の死亡はテレビや新聞、ネットのニュースで一切報じられていない。ホテルは大騒ぎになったはずだし、警察も検死しただろう。彼女の衣装からＳＭプレイの一部と判断され、事故死扱いとなったのだろうか。帰り道、監視カメラをできるだけ避け、途中の新宿駅のトイレで着ていたパーカーを脱いでバッグに隠した。そんなことが功を奏したのか。警察がタクマの身辺を窺うようなことはなかった。塔子が在籍した風俗店のサイトを調べると、くれないの紹介は削除されていた。

何もなかったように、日常は過ぎていった。いや、本当に何もなかったのかもしれない。タクマは大学へ再び通い始め、就職先の商社のために中国語を勉強した。三年後、決められたように社内恋愛をして結婚に至る。結婚式の数日前、何かに導かれるように神田川沿いの塔子が住んでいたアパートまで散歩をする。すっかり老朽化した建物を前に、塔子との時間が一挙に蘇った。タクマは崩れ落ちるように蹲り、さめざめと涙を流した。塔子の物語が知らぬうちにタクマのなかに根付いていることに気づき、人目を憚らず涙を流した。

以来、タクマにとって泣くことは塔子の物語の蘇生を意味するようになる。例えば、第一子出産の折り、無事産声を上げる新生児に対面して、うれしくて涙するのだが、塔子の「よかったね」という祝辞を聞くことになる。プレゼンに失敗し一人悔し涙を流すとき「がんばれ」と励まされることになる。タクマはそのことを不思議だと思わない。人と人が結ばれるとはそういうことであり、光を浴びると花が開くことと何ら違いはない、と思うようになる。

四　ユウ

　ユウにとって、性の問題はつねに脅迫観念だった。傍《かたわら》にじり寄られて「気にすんなよ」としょっちゅう背中を叩かれているみたいなものだった。そりゃあ、気にしちゃうよ、と幼いユウは思った。ユウは女性性を持ちながら男性の肉体をしている。いや、肉体とは異なる性を持っているということ自体にも確信がなかった。性に対する居心地悪さを抱いてきたが、それが自分だけのものなのか、そうでないのかはわからなかった。

　五歳になった頃、初めて自らの性の違和感に気づいた。母親に相談すると、「普通の人は、生まれながらに男か女かを押し付けられてしまう。幸運なことに、あなたは自分の性を選ぶ自由を与えられたの。だから、その自由を今のうちに楽しんで、成人してからどちらになるかを決めなさい」といわれた。好都合なことに、父親は美容整形の医師だった。肉体ならどうにでも変化できる。でも、心はそうはいかない、と母はいった。だから、自分で確かめてどちらかに決めれば良い。決めなくとも良い。

　ユウは美しく育った。美少年として生きていくことは、トランスジェンダーにとって世間の軋轢を軽減する効果があった。

大概の若者は、中学生、高校生を通して、青春という名の圧倒的な性のヒエラルキーおよびマーケットに縛られてしまう。彼らには、このヒエラルキーを上がること、マーケットを堪能することが大人になることを意味しており、その上昇気流に乗り損なうことは何よりの屈辱だった。青春を謳歌していないことは、生きていないことと同意だった。恋愛、部活、友人関係、ユウはそんなしがらみに疲れ果て、登校拒否を繰り返す。

振り返れば、ユウの人生にとって、最も輝かしい時期は性に対するこだわりがなかった保育園の時代だ。以後、小学生、中学生と次第に闇を濃くしていく。男性性として押し付けられるものが増えていく。反面、気を許した友だちは減っていった。成長とは暗い淵を歩き続けることだと思った。大人になる意味がわからなかった。

高校二年の夏休みが終わる頃だった。唯一人の友人であるリカから、処女を卒業したと聞いた。

翌週、ユウはネットで知り合った男性と関係を持ち、自らの性を確かめた。男が去ったホテルの浴室でシャワーを浴びながら思い切り嘔吐した。胃の中が空になると、心からの安堵に浸った。何かが吹っ切れた。これまで絡みついたいろんな憑《つ》きが、すっきりと排水口へと流れ落ちたようだ。どんどん暗くなる人生だから、少なくとも未来よりも今のほうが明るいはず。だから、今を楽しめば良いのだ。性や、年齢、学校生活や、世間の階層など、あまりにも馬鹿馬鹿しい。しがらみなどはもっと無意味だ。例えば、男達を性欲の対象として興味は持ったが、付き合うことの煩わしさを考えると不要だと思った。性欲など自分で処理すれば足りる。

高校三年になり、街をうろつく楽しみを知った。学校をサボり、原宿や渋谷の裏道を彷徨した。街から学ぶもの、読み取るものは無尽蔵にある。その時期、金で手に入るものと手に入らないものの区別を身につけた。学校では決して出会えない人間たちを知ることができた。彼らは目に見えるルールでしか生きていない。そんな人間たちの中にいると、なぜか落ち着いた。

街角で呼び止められ、何度かスカウトと称する人間に声をかけられた。ウチに任せてもらえば、あなたの将来は保証するといわれた。ユウには保証される将来なぞ、想像がつかなかった。笑顔を貼り付け、暗い洞穴から脱け出てきたような大人たちは、皆すべからく胡散臭かった。一度だけ、現場で一万円を払うというので、お小遣い欲しさにグループでの雑誌撮影に参加したことがある。待ち時間の際、モデルたちの話題を耳にした時に、彼ら、彼女たちに軽蔑しか感じなかった。同時に、軽蔑した自分をも嫌悪した。以来、撮影には行ったことがない。

スカウトたちの褒め言葉からお世辞を割り引いても、ユウは自分が美しいのだとあらためて確認できた。しかし、そのことは、使えない外国の紙幣を大量に持たされているような気分にさせるだけだった。

トランスジェンダーであることをハンディキャップとして捉えることを止めた。母親から性を選択できる自由を得ていると告げられても、どこかで拘っていた。積極的にはなれなかった。高校では特別視され、自由でいることはできなかった。

街へ出ることで、何人かのＬＧＢＴの仲間ができた。彼らの一人からすべてを受け入れ肯定することの強さを学んだ。女装した彼は「このわたし、この世界、この時代に生まれてしまったのだから、ありのままに受け入れて、できる限り楽しまなければソンじゃない」と笑っていた。それがユウの力となった。すべてをありのまま受け止める。どんなものにも好き嫌いはあるだろう。損得も絡んでくる。それは、その時の選択に任せれば良い。拒んだとしても、否定することではない。選択しなければ前へ進めないから選んだまでだ。選択したすべてを受け入れるだけだ。恨んだり、妬んだり、ましてやこうだったらなんて、仮定などは持たない。その方がずっと気分よく過ごせる。事実そうだった。

ユウにとって人生の良し悪しを決めるものは気分だった。毎日の生活は気分で計るものだった。それ以上に意味意義などを求める必要はなかった。明るいか、暗いか。楽しいか、苦痛か。満足か、不満か。その均衡が問題であり、成長とは制約や義務と称する暗く苦痛でしかないものを引き受けることであり、避けられぬ故にそれらを享受すること、楽しみに変えることを意味した。簡単にいえば、成長とは、苦痛を快楽に変える術、暗いものを明るく変える方法を学ぶことであった。ユウが高校生活で知った最も秀逸な享受方法とは、他人になることだった。他人になりすますことだった。仮想の私ならどんな苦痛でも客観視できる。そのことは、トランスジェンダーであること、友人のリカと楽しんだコスプレが役に立った。

リカはユウの保育園以来の親友だった。ユウにとって、性差を感じさせずに付き合えるただ一人の友人だった。高校生まで、ユウは男性のファッションを身につけ、男言葉を話していた。それは、ただ面倒という理由だけだったが、リカの部屋ではリカの洋服で着飾ることを楽しんだ。リカが、ユウをモデルに自分の好きな格好をさせて面白がっていたのだが、ユウにとっては、自からの両性《バイセクシャル》を確認できる機会でもあった。

高校生になったリカはコスプレに熱中した。日曜ごとに各地のコミックマーケットや池袋のグループに参加していた。ユウも誘われて、リカが用意してくれる衣装を着けて、東京のイベントはもちろん、名古屋や大阪まで遠征した。コスプレをすると即席にだが他人になった感覚を楽しめた。リカが用意した衣装は漫画「銀魂」の沖田総悟だったので、偽りの肉体、偽りの性へ変身するという倒錯した状況になおさら興奮した。同時に、他人になるのは容易《たやす》いと気づく。他人になることが容易だということは、いかに自分という存在が曖昧かという証でもあった。そうか、曖昧な分だけ自分の振り幅を楽しめば良いんだと気づいた。

ユウが学んだもう一つの享受方法は、言葉を信じないことだった。言葉は伝達のためのシグナルでしかなく、思考のための素材としてはあまりに不完全だと感じていた。だから、行為は信頼できても、言葉による思想や思考を信じることはなかった。難しいことではない、人のいったことよりも、人がやったことを信用する。つまり、言葉よりも行為に従った。自分という肉体は信じても、自我という言葉を信じなかった。いったん行動した軌跡は消せないが、言語と化した思考や記憶などはいくらでも更新できる。感情とは、思考と肉体を結びつける絆だから、感情に正直であろうと思った。肉体は絶対なので、感情を操作すれば思考や記憶も変化するだろう。そのようなことを言葉ではなく実感として身につけていった。

ユウの両親は二人ともに医者をしていた。父親は銀座で美容整形の医院を経営し、母親は青山でアンチエイジングの美容クリニックを持っていた。二人の親とも互いに無関心だった。いわゆる仮面夫婦と呼ばれる関係だったが、ユウに対しては、ある距離を置いてだが、世間の親並みには対応してくれた。それを偽装家族、契約家族と陰口を叩く人がいた。そういわれれば、ユウは頷いただろうが、ユウにとっては有り難い両親だった。

ユウはつねづね家族という単位がなくなれば良いと考えている。組織や国家という幻想は家族という最小単位を基準としている。家族という幻想がなくなれば、同時に組織や地域、国家への帰属意識、隷属意識も希薄となり、国家という共同幻想は薄まる。そうなれば、国家間の争いは間違いなく少なくなるのではないか。本来、家族とは、種族保存のための機能であるはずだ。種族保存の機能にとって、もはや生涯一家族という制度は必要なくなったのではないか。今年の両親と来年の両親が違うように、もっと自由に家族という単位が機能すれば、家族への固執、国家への固執が消滅していくはずだ。そうなれば、ずっと暮らしやすい世界が生まれるのではないか、とユウは考えている。現にその証拠として、社会機能が高度化するほど家族の枠は緩み、離婚は増えているではないか。

人は一人だ。家族なり、複数の単位で考えると判断を間違ってしまう場合が多い。例えば、一人を救うために十人がリスクを冒し、犠牲になることは出来るかという論議がある。数の論理で考えるから複雑になるのだ。少なくとも、私とあなたの関係で考えれば良いと、ユウは思う。

十六歳になったとき、普通二輪の免許をとった。ホンダのＣＢ４００を買ってもらい、一人ツーリングを楽しんだ。夜間に房総半島まで遠出して、浜辺で寝袋に入って寝た。六月の初めだった。潮が満ちることを知らず眠ていたら、足元を打つ潮で目覚めて、驚いたことがある。

男たちに襲われたこともあった。丘の上の公園で寝袋に入って寝ていた時に二人の男に襲われた。長い髪に女性用のメットをつけていた所為で、間違われたのだろう。男たちはユウのジーンズを剥ぐと一瞬驚いたが、面白がるようにして芝生に押し付けて、交互に犯した。ユウは屈辱よりも自らの非力を恥じた。帰宅してシャワーを浴びて、母に告げた。母は、抗生物質と何かの錠剤を渡し、注意するのよとだけいった。母を、ありがたいと感じた。ユウはそれを機に空手道場に通いだす。肉体に対抗できるのは肉体しかないと思ったからだ。稽古を積むうちに空手の型を美しいと思い、すべての型を習得したく、今でも道場には通っている。型の練習をしていると、時間を忘れる。鏡に映った己の型と対話することを、歓びと感じた。行為こそが思考の基本であると実感できた。思考の基本を肉体だとすれば、型の習得は言葉の呪縛から逃れる術の一つだろう。

ユウは大学に進まず、リカと同じデザインの専門学校に通った。暗に医学部進学を勧める両親への反抗でもあったのだが、当の両親はユウの進路について何もいわなかった。

リカはファッションデザインを選んだが、ユウはデジタルデザイン科に入った。授業は思いのほか楽しかった。これまでの学校生活で初めて授業を楽しいと思えた。デザインソフトの習得は新鮮で、一日パソコンの前にいても飽きなかった。特にフォトショップという映像加工ソフトは興味深く、毎日のように操作していたので、教師も驚くほど急速に上達した。映像をいじっていると、世界が変わるという実感が持てた。自分が創造した世界が、こんなにも身近にあったのだ。ユウはテレビゲームにまったく興味を持てなかったが、ＡＩとバーチャルリアリティの技術は、これから自分が進むべき世界だと感じた。現実の世界よりも遥かに現実的だと思った。

　動画の編集にも夢中になった。ドローンを購入して、リカたちと夜の街を空から撮影した。本来は撮影許可が必要なのだが、夜間ならバレないと無許可で飛ばした。上空１００メートル以内の視界は人間も明確に撮影でき、従来のヘリコプターによる空撮とはまったく違った臨場感を与えてくれた。また、膝丈ほどの高さでの撮影も可能であり、猫の視線、子供の視線での撮影もできた。高度を変えて車で追尾しながら移動撮影し、地上でのロケも合わせ、これまでにない動画が完成した。いずれ、リカのコスプレを着けた人物を、夜の歌舞伎町や銀座を走らせて低い高度で空撮したいと考えている。それだけで充分に美しく、面白いのではないかと思っている。コスプレの人物をアリスのウサギに見立てて、ＰＯＶ、主観ショットで撮影しようかと思っている。Ｌ・キャロルが文章で表した夢の構造を、３Ｄ映像で描いてみたい。一つのエピソードを３Ｄ映像にてワンシーンワンカットで撮影する。カットの繋ぎは手持ちカメラでロケしたものやドローン撮影のリアルな映像を挟む。幾つかのエピソードは、知り合いのクラブやショップを使って既に撮影した。

　慣れない夜間撮影は視界が悪く、ドローンをぶつけて破損する事故が度々あった。いくらドローンが安価になったとはいえ、学生の身であるユウには辛かった。親からの資金は潤沢にあったが、それに手をつけたくなかった。そろそろ自分の資金を確保し、実家を離れ独立したいと考えるようになっていた。

その時期、リカはコスプレ衣装の制作をアルバイトにしており、そのデザインの細かさと正確さ、縫製の確かさとで評判になっていた。ユウがモデルをして、ウェブでショップを展開していた。商品ごとに注文を受け付けていたが、リカ一人では到底対応できる量ではなかった。学校を卒業したら、リカはユウと一緒にコスプレ制作を企業として起ち上げ、十名くらいのスタッフ体制を組みたいと話し合っていた。最近は、海外からの注文も多く、ガールズファッションの市場へも展開できるのではと目論んでいる。リカは会社の起業、販売の仕組みなどには疎く、ユウに頼ることとなる。ユウは、これを実家からの独立する良い好機だとして、まず資金づくりを計画した。ユウは高校時代に貰ったモデル事務所の名刺を取り出して、専属契約ができないかを尋ねた。二社、候補が上がった。ただし、どちらもAV女優の事務所だったが、ユウには躊躇はなかった。すぐさま面接に出向き、条件の良いエム・プロダクションを選んだ。トランスジェンダーは珍しく、一ヶ月に一本の撮影で、年間十二本、専属契約料を含めておよそ一千万の手取り額を提示された。一千万あれば、会社を設立し、事務所と機材を揃えても、かなりの金額が手元に残る。それを自分の独立代としようと考えた。

スタッフはコスプレ仲間とリカの同級生から三人を選んだ。仕事は十二分にあったので、給料に困ることはないだろう。だが、多人数の同性が一つの職場で働くことに心配はあったので、一人ゲイの男の子を混ぜた。人員は仕事量に従い徐々に増やせば良い。

ＡＶの仕事と空手の型の練習は似ていた。違いとしては、ＡＶは快楽を伴うが、空手は忍耐を伴うくらいか。どちらも、自らを美しく見せる演技であることは同じだった。ＡＶの現場では、必ず撮影された自分の映像を確認した。スタッフから「たいがいの女優さんは恥ずかしがってみたがらないものだけど」と珍しがられた。自分に対する幻想理想がないからだと思うが、ユウには恥ずかしいという感情が理解できない。だから、そういわれた時に、不思議な表情をするしかなかった。ＡＶも空手も、自分の演技を見なくてスキルアップはないと思っている。

空手で鍛えられたユウの肉体は美しかった。動作表情はナチュラルで、滑らかで、しなやかに反る背中だけで男たちは欲情できた。トランスジェンダーのＡＶ女優としてユウは人気が出た。ユウは女優としてレンを名乗っていたが、面白いことに、レンを現実のユウと結びつけた者はいなかった。化粧をしている、していないの差はあったが、それはユウの演技のせいだったろう。

リカとユウが起業した「ＹＯＵＲＳ」は順調に売り上げを伸ばした。スタッフを増やし、二年後、売り上げが億単位になった時に、経理を担当していた四十代の女性にすべての預金を引き出され、持ち逃げされた。リカとユウは会社を再建する意欲をなくし、倒産させた。負債は手持ちの資金でまかなえた。スタッフの退職金だけは二人で出し合って支払った。すべての処理を終えた時、二人は「楽しかった」とハグをして別れた。ユウは、人生には時にピリオドを打つことが必要だと学んだ。ピリオドを打つことで、物語は次の章へと展開できる。人は生まれて死ぬまでが人生ではない。ピリオドごとに、変化した複数の生を生きることができると思っている。一人の人間が複数の生を同時に生きることだってある。だから、ユウはたとえ意に染まなくとも、打たれたピリオドを引き受けようと思っていた。

リカは念願だったガールズファッションのオフィスを、スタッフだったゲイの子と始めることになる。

ユウは映像制作を再開した。貯蓄した資金を丸々使って機材を揃えた。生活費は、AVの現場で知り合った人脈を伝って、AVの編集作業とパッケージデザインを貰うことで工面できた。

ユウの動画は少しずつ評価を得ていく。海外のゲーム制作会社から仕事の依頼も入るようになる。

そんな折、初音と知り合った。

ユウは高校を卒業すると、女性のファッションを身につけ始めた。リカのデザインを着たかったことも理由の一つだが、女性ものの方が楽しめたからだ。何よりも選択領域が広い。

その日、映像制作会社とCM編集の打ち合わせをした帰りだった。珍しく、ドレスアップしてピンヒールを履いていた。慣れていないせいか、ヒールを石畳に引っ掛けて折ってしまう。日本橋の百貨店の前だった。近くにリペアショップがないかを、百貨店の案内に尋ねた。地下にリペアショップはあるという。ヒールを脱いで、教えられた階段を降りた。大理石の床が心地よかった。不思議に裸足で歩くユウを振り返る者はなかった。ヒールからの解放感もあり、自然に歩いていたせいもあるのだろう。店にヒールを預け、スリッパを借りてトイレへ向かった。トイレで踵に穴を開けたストッキングを脱いで、店へと戻った。店舗前に置かれたスチールの高椅子に腰をかけた。その時に、作業する初音に初めて気づく。ヒールが取れたユウの靴を胸に抱えて、剥がれた面にやすりを掛けていた。その動きを美しいと感じた。鳩を胸に抱く少年のようだと感じた。また、胸に抱かれた靴を、自分のようにも感じ取れた。

ユウは恋愛をしたことがなかった。面倒としか感じなかった。だが、初音を見た時に湧いてきた熱い想い、この感情が恋なのだと知った。ユウは明らかに初音に欲情していた。AVの現場で感じた欲情とは違っていた。現場での欲情は排泄感に近いものだった。欲求が満たされれば消滅していく類のものだ。しかし、初音に対して抱いた欲情には渇望があった。たとえ欲情が満たされても、次のもっと大きな渇望が待ち受けている。そんな怯えのような予感を初音への恋情に抱いた。

ジバンシーの黒い膝丈のワンピースを着けて、裸足で立つユウを、初音は珍しい植物に出会ったように眺めていた。その植物が、仕事が終わったら食事をしないかと問いかけてきた。その日は、近くの酒屋に注文をしていた新酒が届く日だった。その旨を告げて断った。彼女は、「じゃあ、わたしはこのデパートでいちばん美味しい豆腐と刺身を買っていくので、一緒に呑みたい」と答えた。初音は、そういわれると断る理由を見失い、同意してしまった。初音は八時に店仕舞いをしてシャッターを降ろす。振り向くと、ユウが両手に紙袋を下げて待っていた。笑顔で「新酒が楽しみ」といった。荷物があるのでタクシーを使いたいという、もちろん料金はわたしが払うと申し出た。

日本橋から初音が住む荻窪までタクシーで帰り、駅前で酒屋に寄って、初音の部屋のある路地で降りた。途中、車中でユウは簡単な自己紹介をした。彼女が仕事としている動画制作だの、編集だの、初音には見知らぬ領域の話だった。ユウは、トランスジェンダーであることも告げ、最後に、締めの挨拶のように、あなたのことを好きになったといった。初音は他人事のように「ああ」と頷いた。好きといわれた時に、なんと答えて良いものかわからなかったからだ。トランスジェンダーだと告げられても尚更わからなかった。初音の知識にも語彙にもないものだった。ユウに対しては美しい生き物としか思えず、性差を感じることはなかった。ただ確かなのは、目の前の女性は、明らかに、これまで出会った人間の誰一人にも似ておらず、唯一の存在だった。そのことも含めて、初音は「ああ」と納得し答えるしかなかった。

ユウも、ああと返事した初音に、「そうなの」といって黙った。

初音の部屋に着くと、ユウは紙袋の一つから大皿を取り出して、これが本日最大のお土産だといった。備前の焼き物で刺身が映えるからと百貨店で買い求めたらしい。言い訳のように、男の一人暮らしにこんな大皿はないでしょうから、と付け加えた。そもそも自分が一人暮らしかどうかも知らないはずだと、初音が問うと、そのくらいはわかるわと返事された。初音は「そうか、わかるか」と呟くが、自分のどこからそう判断できるのかと判然としなかった。

ユウは大皿を簡単に洗うと、大根のツマや大葉を敷いて、その上に刺身と一口に切った豆腐と湯葉を並べた。さらに、京都の物産展をしていたらしく、漬物と鯖寿司も添えた。わさびと醤油でも良いけれど、日本酒なら塩が合うの、と外国産の瓶詰め塩も取り出した。

確かに、豆腐に塩と日本酒はお互いを見事に引き立てた。初音が酒を含み「ほお」と感心すると、ユウは笑顔になった。

初音とユウは同い歳だった。しかし、小学校教師をしていた両親のもとに生まれ、その両親を、事故によって早く亡くし、祖父祖母が暮らす地方で育った初音との環境の違いもあって、初音がテレビを観ないせいもあってか、話題の共通点、趣味の接点がまったくなかった。ユウだけが自分のことを告白するように話した。だが、二人ともに、二人でいるこの落ち着きは何だろう、二人の間をゆったりと流れる時間は何だろう、と訝った。相手の存在、相手の時間を、そのまま受け入れることが快感だった。例えば、初音はクラシックしか聴かなかったが、ユウが自分の iPhone から流すフォルクローレやサンバを心地よいと感じたことなどもその一つだった。

ユウは、習っている空手のこと、型の演武で幾つかの賞を獲得したことを話す。初音は、ユウに型を見せてくれと頼んだ。ユウはわかったとワンピースを脱いで、隣の六畳間へ移り、下着のまま五十四歩と呼ばれる型を演じた。狭い空間にユウの手拳が切る空気音が間欠に響いた。初音はその美しさに圧倒される。そして、ユウを受け入れた。

ユウはなぜ初音を好きになったのか、という自問はしない。好きになったのだから、好きになったのだ。いや、そんな考えさえ思い浮かばなかった。その夜、初音とユウは結ばれ、交わる。初めての体験のように、対等に抱き抱かれたのだった。事実、二人に性関係につきものの支配被支配の関係はなかった。初音にとっては未経験の交わりだったが、ぎこちなく、無言で、お互いを見つめあったまま、それぞれの中で果てた。初音にとっては、まったく新しい快楽の発見であり、ユウには、一つの型を演じきった満足があった。

以降、ユウは、初音の休日である火曜日の前夜に訪れて、休日の一日を二人で過ごすことになる。料理は、それぞれが自分の好きなレシピを披露するように、交互に受け持った。レパートリーの数ははるかに初音の方が多く多彩だったが、ユウは一貫して食材にこだわった。美味しいご飯とパンがあれば十分だと思っていたので、料理らしきものはしなかった。肉は焼く、魚は刺身を買った。せいぜいが焼魚か、昆布締めか漬けにするか程度の調理だった。あとはサラダを添えてドレッシングを工夫した。副菜はパンならチーズ、ご飯なら汁と漬物を添えた。日本酒とワインを好む初音にとって、ユウが提供する食卓は文句のつけようがなく、贅沢すぎるほどだった。初音が作るメニューは奥深く、家庭料理を知らないユウにとって箸が止まることはなかった。

食事をしながら、それぞれが持ってきた音楽を聴いた。ユウの順番《ターン》には、iPhoneにダウンロードしたワールドミュージックを聴いた。初音の場合には、図書館で借りたクラシックのCDをかけた。簡単な音楽のバックグラウンドをお互いに説明し合った。二人での食事時間は、五感すべてが満足できた。

二人の会話は発見に満ちていた。

もし、第三者が二人の食事を観察したら、二つのまったく違った宇宙が一つに混じり合って、新しい世界を示すように見えたに違いない。補色の組み合わせは概ね下品になりがちだが、時に素晴らしい表現になる。それは、偶然と天才だけが成せる奇蹟だと思う。

食事以外の時間の大半は、ユウはパソコンをいじり、初音は読書を楽しんでいた。

ユウは本を読まない。

初音は読書する折々に、頁に栞を挟み、読了した部分をユウに語るようになった。当初は、自分の記憶に刻み込むための作業として、またユウに読書の楽しさを伝えるため、ユウと好きな本の話がしたいという理由もあって語り始めた。ユウは初音が語る本に、涙を流し、喜んだり怒ったりした。詩や歌はその場で暗唱して、小説ならば、これからの展開を二人で予測したりもした。初音は、泣いたり、笑ったり、怒ったりするユウを愛おしいと思った。初音は自分のことを話すことは苦手だった。自分には話すべきものが何もないと思っていたし、人は自らを語るとき知らず知らずに必ず嘘をついてしまう。自らに嘘をつくことは悲しい。反面、語る本は、語られる本の内容は、彼の感想や解釈を含めてすべて、初音自身のものであるはずだった。初音のものになったものだけを語れば良かった。

本を語ることとは、その本を自分に引き寄せることを意味する。初音は本を語ることで、本との関係における自由を見出したように感じた。本を読む、つまり本に従う、本に準ずるという読書の関係を、逆転できたような気持ちになった。ユウに語ることによって、語るという積極性を得るとともに、自ずから創作という作業に近づく。語ることと書くことは、決して同一線上にはないが近似値ではある。そこには空隙が横たわっており、初音はいずれ書くことでその空隙を飛び越えてみたいと願う。書きつけられた文章は既に初音のものであり、初音のものではない。初音のものであり初音のものではないから、さらに書き綴るだろう。書き綴るとは、予期しながら、予想を裏切る行為でもある。その相反する行為に初音は囚われる。

いつか、ユウが初音のもとを去ったその時、初音はともに過ごした時間を振り返り、ユウの物語を書く。それは、語りかける対象が消えた時、語りかけができなくなった時、「書く」ことで「語る」ことを取り戻したいと願うからだ。書くことで、語る楽しさ、語る懐かしさを再現したい、さらには幻影でもいいから語りかける対象を手に入れたいと望むからだ。

ユウは、初音の語りを聞くことで、物語について考えるようになった。記憶は物語であり、物語の断片であり、萌芽ではないか。すべての記憶の根拠には物語があるように思えてきた。ユウが制作する映像にも必ず物語が根底に存在する。物語があるから、人はあの映像を受け入れることができるのではないか。それまで、ユウは映像は映像だけで成り立つものだと考えてきた。言葉は必要ない。映像だけで訴えかけるものを大切にしたいと撮影してきた。だが、映像を観る側は、その中に何かしらの物語を、物語の断片を読み取ってしまう。映像を記憶する、印象を刻み込まれる段階で、物語を取り込んでしまうのではないか。であれば、その物語を意識して、浮かび上がらせて、カタチにすることが映像に奥行きをつけることになる。そんな単純な発見を、ユウは面白がった。物語の表現は何も起承転結が揃っていなくとも良い。できるだけ少ない要素で、暗示を含めて、豊かな物語を語ることが重要だ。受け手が想像を託す余白は欲しい。余白が広い分だけ作品は自由になる。ユウは物語るスキルを開発し、身につけていく。例えば、人物が振り向くシーンのわずか何分の一秒を削る。それだけで、映像にスタイルが出る。雨の中の噴水の映像をインサートに使う。物語に一つのひだを加えてくれる。古いフランス映画から学んだテクニックだ。ユウは初音から論理的に考えることを学んだ。部分的ではあるが、ユウが拒んできた言葉による理解を受け入れた。仕事上、企画書を自分で書かなければならないケースが出てきたし、プレゼンテーションにはロジックの展開が不可欠だったことも後押しした。強力な感性が言葉という論理を纏う。それらの積み重ねの結果、ユウは商業分野ではUXデザインの旗手とされ、アートの分野では新進の映像作家として各国のビエンナーレで作品が上映されるだろう。そして、いつか、初音の小説を映像化するかもしれない。

初音は、すずこの物語と塔子の物語をユウの物語の対角線上に置く。ユウの物語を照らすためにすずこと塔子の物語が用意されたかのようにも思えた。三人の物語が照応し、交差することで、見えてくる世界を表現したいと考える。一人の人間の物語を通時的に辿ることよりも、複数の人間の複数の物語を共時的に見渡すことを一層リアルに感じたからだ。一つの量子の振る舞いを追いかけるよりも、複数の量子の関係を探る方が、リアルであり、この世界の在り様に近づくように思えた。複数の物語が響きあう共生関係こそ、初音が想う世界像に近いのではないか（それを気づかせてくれたのはユウだった）。人が本来持っていた共時的に理解する感覚を、小説を通して取り戻してみたい。自分の作品がその一助になればうれしいとも思った。

そもそも人間細胞には異物が潜んでいる。他者としての細胞内共生細菌であるミトコンドリアの存在を引き合いに出すまでもなく、人は異物を取り入れながら生きている。異物を消化することで自らのエネルギーにしているのだ。初音は、他者の物語は人間が持つ想像力のエネルギーそのものだと考えた。

記憶の海からユウを取り出して語ること、ユウを文章として書きつけることは、初音の愛情表現だろう。少なくとも、ユウの物語を綴るとは、初音の中のユウを語ることであるから、初音の物語を語ることに等しい。人物を語るということは、その人物に語ることのできない未知の部分がなくてはならないだろう。未知の部分がなくては、語るという衝動は起こらない。作家は語ることで、その未知の部分を埋めていきたいと願うからだ。

同時に、初音はユウの物語を通して自らの物語を引き出すことになる。それは愛情表現の一つであり、自己の確認であり、自己の拡張でもある。初音の中で物語と化したユウこそ、初音が初めて持ち得た愛情というエネルギーだった。初音が初めて受け入れた他者であり、自我の反映であり自意識の一部だった。初音は自分がはっきりと変化したと気づいた。そもそも自分が変化するなど信じがたいことだったが。

初音の前に突然現れたユウが、押しかけるようにして初音の部屋を訪れ、初音を好きだと告げて、初音の生活の一部になった。それは、ユウの一方的な意思であり行動だった。初音は戸惑い、困惑するが、次第にユウを受け入れ、愛おしく思ったのは、間違いなく初音自身の気持ちだ。困惑の渦が広がった分だけ新鮮に感じた。トランスジェンダーであるユウに対して自然な接し方が出来たこと、男でも女でもなく、人として触れ合えたことにも感動した。ユウと時間を共にすることで、新たな自分の一面を垣間見れたこと、珍しく気持ちが激しく波打ったことに歓びを覚えた。それは、遠い幼少期の思い出に繋がるようだったが、それが何かを特定することはできなかった。

ユウがいなくなった時、初音は確信するだろう。ユウの記憶を引き出して表現することは、初音にとって、愛情そのものなのだと。

ユウが初音から論理を学んだように、初音はユウから、感情が論理の基礎にあることを教えてもらった。

例えば、初音は愛情を理解できないものとして生きて来た。曖昧なままにして来た。そもそも子と親との関係を愛情だとは思えなかった。動物さえもが本能として抱いているものを、愛情だと名づけうるのか。神への信仰から小動物を愛玩する気持ちまでを、愛情と一括りにしてしまうことに何処か抵抗があった。両親を早く亡くしたこともあり、初音は愛情という実感を持てずにいた。その存在は認めても、愛情を訪れたことのない外国のように、遠いものとしてしか感じられなかったからだとも思う。

初音はユウを目の前にして、愛情を言葉で理解することが間違いだったと気づく。ユウという肉体、声、息、匂い、眼差し、初音の背中に回される指先、微かにだが正確に聞こえてくる鼓動、そのすべてを愛おしいと思い、同時に失うことに怯えた。怯えは、初音にある習慣をつけた。群衆の中に、つねにユウの姿を探すようになった。ユウのいない空間を、とてつもなく広く寂しく感じるようになった。初音にとって、愛情とは、本質的に失うことの怯えを伴うものになった。いつか失い、消え去るもの。喪失という予感によってしか愛情は確認できないのかもしれない。失うことを知らずに、ひたすら幸福感を貪るような愛情は愛情ではなかった。愛情は、生まれ、育ち、消えていくもの。だから、愛おしい。ユウがいなくなった時、怯えは現実となり、初音は書くことでようやく落ち着きを取り戻すだろう。

初音は、愛すること、怯えること、恐れることを知り、後に、それらの変形《ヴァリアント》を万葉や古典の歌に見出す。古代の人々の、遠く離れた故郷へ、妻への恋慕は、失うことの怯えから、失ったものへの悲しみから、表現という落ち着きを取り戻すために歌われる。秘すれば花という心得、無常と呼ばれる感情も、同種であるように思われた。

初音はこれまで、人に、組織に、臆病だった。去る人だから、失うものだから敢えて入り込むことをしなかった。触れようともしなかった。だから、友人を持たなかった。いずれ別れが来る。そう考えて、一人で居られる職場を選び、一人で独立できる技術を磨いた。地域の読書会や野鳥観察会などには参加するが、その場限りの人間関係しか結ばなかった。一人で完結する読書だけは続けることができた。ページを開くと、そこには変わることのない文章が待っている。変わることのない物語と結末が待っている。繰り返し読めば、ただいま、と声をかけたくなる安心感がそこにはあった。

初音は、同じものを身につけ、同じ時刻に同じ電車に乗って職場へ通った。与えられた時間内に、与えられた仕事を正確に無駄なくこなした。初音は自らの仕事を愛した。丁寧にヤスリをかけて貼り合わせた靴底の平面を美しいと思えた。補修という、仕事の痕跡を打ち消すことが最上の技術であるこの手仕事を誇りに思っている。補修の技術は着実に蓄積されていく。いつか、小さな町の駅そばに、小さなリペアショップを自分で持ちたいと思っていた。広さは六畳一間くらいあれば十分だ。靴、鞄、傘から時計までの修理を引き受ける。そのうち、スマートフォンの修理まで出来れば理想だと思っていた。だが、何故だろう、時々、依頼された品々が目の前に山積みになり、呆然としている夢を見ることがあった。ほとんどの修理が緊急性を要しているものだ。補修は焦るほど遅々として進まない。そのような場合、どのように依頼を断れば良いのか、どのように手配すれば良いのかを初音は思いつかなかった。そのことをユウに話したことがある。ユウは、店を組織化するかリペアショップのネットワークを作れば良いのではと答えてくれた。「なんなら、わたしがこさえてあげる」ともいってくれた。ただ、店にユウと二人で客を待つ風景は思い描けなかった。あくまで自分一人の店だった。そのことが少し寂しかった。

ユウを知って以来、失うものとして愛しむことを覚えた。

音楽は時間とともに消え去るから美しい。花はいずれ枯れるから愛おしい。美しさは体感と記憶と深く結びついている。だから、そのようにユウと接して、会話をして、食事を楽しむ。消え去るものとしての関係、想い出すものとしての出来事、失うが振り返ることで現れるだろう存在、つねに裏切られる期待、それらすべては記憶としてしっかりと根付く。だから、記憶を整えるように二人の関係は可能な限り簡潔簡素なものにしたかった。そのことは、初音がユウの物語を書くという前提があるからなのか、ユウの記憶、ユウの生き方、ユウの物語そのものの構造と通底しているからだろうか。

初音は、いつかユウの物語を書き始める。抱きしめたユウの記憶と書かれたユウの言葉が、初音の中で一つになる。初音が語りかける声と書く言葉が一つの果実のように実る。それは、求めるだけでは叶えられない、辿り着くことができない、小説の夢の夢なのかもしれない。

初音が書いたユウの物語、さらには、すずこの物語、塔子の物語を、ユウが聞いて涙を流すことを想像してみる。そのように想像しながら、初音は書き進めるのだ。ユウが泣いていることを想像するとは、初音が書きながら涙していることと同意だ。その時、悲しみを歓びとも感じる。初音は思う、自分が泣く姿を想像はできないが、ユウが泣く時には初音も涙を流している、と確信できた。

初音が書くユウの物語は悲しい。それは、喪失の物語だからだ。結末を求めながらも決して結末を迎えることが出来ない、未完の物語だからだ。過ぎ去るものとして、消え去るものとして、物語そのものが持つ孤独ゆえなのだろうか。万巻の書は、結局、一冊の書物に過ぎないという皮肉。初音は立ち会うことができないが、ユウの物語を読むユウの、涙が止まることはない。

初音は考える。ワタシ・ハ・ナウ。

縄をなう、という意味の「綯う＝なう」で、わたしはなう、と初音は喩える。わたしをなう、という他動詞ではなく、わたしはなう、と自動詞化する。わたしという存在の在り方として、なうという状況を認めること。つまり、複数の行為を一つの思考とし、複数の物語を一つの結果と見なすこと。何人かの他者へ働きかけること、何人もの他者から働きかけられること、それらが一つの結果を生み、それらの結果が縒り合わされて一筋の物語を生む。それらの過程、複数の経緯を、なうこと。初音におけるその自動詞化。複数の思考をあえて合致させることではなく、合わせることで生まれてくるものを優先させる。過程と結果を同時に、同等に扱う。弁証法などとは違う、そのまま、ありのまま引き受けること。例えば、美術において画面上のすべての色彩・造形を受け入れて一作品とみなすことに近い。その際に、一つの色彩、一つの造形に拘ることはないだろう。全体として引き受ける。関係として受け止める。躊躇いはあるかもしれないが、迷いはない。なうもの、合わせるもの、それらすべてを、肯定すること。ユウ、すずこ、塔子、初音、すべてを肯定することとは、すべてを否定することではないのか、と問われるかもしれないが、まったく違う。すべてを均等にではなく、すべてをありのままに引き受けること。初音は、多分それが自分の、そして、ユウの生きかただと考える。

すずこがユウと出会ったのは、コミケに出店していたリカのブースに遊びに行っていた時だった。

リカもユウもまだ専門学校に通っていた頃のことだ。すずこは、リカを囲むスタッフの中で首一つ高いユウに、一瞬にして惹きつけられた。リカから紹介はされるのだが、すずこは自分の美意識から外れたユウの美しさに圧倒されて、何も話しかけることができなかった。ブースという狭い空間で、肩を並べユウと同じ時間を共有していることに感動もした。ユウがそこに居ることで、わたしはここに居るのだと、すずこは心から思い込む。そして、ユウの本当の美しさはわたしでなければ理解できないとまで思い始めることにより、恋するとは相手ではなく自分の中にその発動があることをつくづくと納得する。

その時点では、ユウが初音と愛し合うことになることを、すずこはもちろん知らない。すずこが塔子と暮らしていた部屋に、初音を訪れることになることも知るよしもない。遠くから、息を詰めてユウを見守るだけだった。半刻もすると、そんな自身に苦しくなり、過呼吸になったすずこは堪らずリカのブースを去る。

そこに、すずこの後を追ってきた塔子が訪れる。だが、すずこはいない。塔子も同じくユウに惹きつけられる。塔子は遠慮せずにユウにアプローチする。その後、ユウは一度だけ塔子を抱く。塔子はユウに溺惑する。ユウは塔子からの連絡を断つ。塔子はますますユウに溺れる。ユウは塔子の前から姿を消す。ユウの不在に、塔子は自分を痛めつける。痛め続け、苦しみ抜いた塔子は、瀕死の状態ですずこの部屋へと逃避する。その後、塔子はタクマに裏返された自分を見つける。ユウに盲目となり我を忘れる自分の姿を、タクマに発見する。

物語は連鎖する。マイナス部分にプラス部分が嵌まるように、異質なものを求めて連鎖する。それは、すずこが塔子を求め、塔子がユウを求め、ユウが初音を求めたように。

すずこは夢想する。

眠っているユウの背中を抱きしめて、肩越しに、塔子を見つめる。呼吸するユウの背中がすずこには心地よい。塔子がうっすらと目を開けて、すずこを見ている。塔子の薄いまぶたを通してチロチロと火花を放つ欲情の火種が垣間見えた。塔子の視線が語りかける。

「おまえの突起という突起を齧ってやる。齧りとってやる」

塔子に答えるように、すずこは赤い毛糸のあやとりを複雑なカタチを編んで自慢げに差し出す。塔子は両手の親指と人差し指、そして唇で器用に糸を受け取り、すずこに橋のようなカタチに変化させて見せる。それは違う、とすずこは思うがいえない。ユウに同意を求めるが、ユウは夢の中だ。

すずこは塔子を裏切るように、ユウの夢へユウの背中から入り込む。

ユウが眺めているのは、始まったばかりの黄昏。世界がゆっくりと茜に染まっていく。視界が広がるように感じるのは、天上から降りてきた冷気が意識を覚醒させるためだ。覚醒は区別ではなく統合だ。すべてのものが境界を失い、形を緩め、一つとなっていく。遠くから、たんたんたんと誰かの心音が聞こえてきた。ここは誰の胎内なのだろうか、とユウは疑う。胎児のように少し背を丸め、打ち寄せる始原の波動に耳を澄ませる。すべての感覚がクラゲのようにその触手を伸ばしているが、まだ言葉は生まれていない。言葉によって区切られていない世界が悠然と流れている。この世界では、この海では、この胎内では、わたしも、あなたも、あらゆるものが同等だ。等質だ。一つなのだ。夢に揺蕩うユウに、塔子に、すずこは寄り添う。

初音はユウを誘って、墓参へ出かけた。

初音が勤めるショップの休日、火曜日の朝。初音は窓を大きく開けて、まだベッドにいるユウに、墓参りに行かないかといった。「こんなに晴れた日は、墓地を散歩したい」とユウを誘った。これまで初音からどこかへ行こうなどと積極的な意欲を見せることはなかったし、墓参ということにもユウは驚いた。彼の両親と祖父祖母の墓が高尾郊外の丘陵にあるという。時々、晴れた日に、散歩がわりに出かけていたらしい。東京の中でもお気に入りの場所だといった。こじんまりとした墓碑墓石が小学校の朝礼のように、平等に行儀よく整列している。古い墓地にありがちな無闇と虚勢を張った大きな墓がないことが気に入っている。墓地は高台にあって、大きな運動公園に接していた。グラウンドで野球を楽しむ子供や大人を眺めながら飲むビールは格別だ、と初音は付け足した。

墓参といっても、狭い墓を掃除して線香をあげて両親を思い出すこと以上の意味はなかった。幼少の頃は、彼岸と盆には必ず祖父祖母に連れられて墓参した。祈れば何かしらの願いが叶うと思っていたのも小学生までだった。高校生になると何かと理由をつけて墓参を拒んだ。早く死んだ両親への反抗もあったのだろう。そのうち、祖父祖母共に老いを重ね、外出を嫌い、墓地へ来ることもなくなった。しかし、大学を卒業した春に、数年ぶりに一人思い立って墓参した。生い茂った雑草に埋まるようにして墓石が待っていた。忘れられた時間がそっくりそこにあった。事務所で道具を借りて、箒を使い、草を抜いて、沈丁花の伸びすぎた枝を落とした。玉砂利に落ちた枯葉を一枚ずつ除き、タワシで墓石を洗った。それだけで気分が晴れた。墓がきれいになるのを待っていたかのように、翌年には祖父祖母が共に亡くなった。墓碑がいっときに賑やかになった。以来、年に何度か、晴れた日を選んで墓参している。

荻窪から中央線に乗り高尾まで、高尾からバスで墓地へと赴く。墓参りというよりも遠足の気分だった。平日だったので墓地は閑散としていた。離れた場所で納骨をしていた一団もそそくさと帰っていった。運動公園にも人影はなく、宅配便のトラックが一台、風景をよぎるだけだった。墓地を囲むように延びた緑地にシートを広げ、持参したサンドイッチを摘み、ビールを飲んだ。一区画ほど向こうに、先ほど初音があげた線香の白い煙が一筋のぼっている。

午後の日差しに、二人は微睡む。ユウが背中から初音を抱いていた。初音はユウの息遣いで目覚める。待っていたように、「ハツネに入りたい」とユウがいった。

「いいよ」と半覚醒のままに答える。ユウの手が初音のベルトに伸びてズボンを下ろした。太腿に風の冷たさを感じた。ユウの男性が初音に入ってきた。緩やかな快感が二人の下半身を包んだ。

「いい天気だね」とユウが耳元で囁く。

「いい天気だ」と初音は答えた。

AKANE

茜

一章　ヴァイオリニストおよびアビニヨンの娘たち

多田は乃木坂で催された美術展を観に行った。スイスの武器商人が成した莫大な資産で集められたコレクションであったが、作品一つ一つにひたすら心を動かされるばかりだった。武器商人の罪悪感がこれほどに美しいものへと向かわせたのか、とも意地悪く思ったりしたが、名画を目の当たりにした興奮に、そんな感想は霧散した。

ソドムにこそ美があると誰かが書いていた。今日、美への欲求が希薄に感じられるのは、悪が鳴りを潜め正義面をしていること、善悪の区別が曖昧になったことが原因なのかもしれない。そうか、神の死は悪の死をも意味したのか、そんな事をつらつら考えながら、六本木の裏通りに面した画廊ビルへ立ち寄った。吹き抜けのロビーを通り抜けて、奥のエレベーターで十二階まで上がる。エレベーターは作品の搬入用を兼ねているらしく、一坪以上のスペースがあった。ステンレスの箱舟は目的階に着くと、象が立ち止まるようにゆっくりと停止し、象に翼があるのならと想像させるほど、仰々しくステンレスのドアを開けた。目的のギャラリーは吹き抜け廊下をぐるりと廻った反対側にある。階下を眺めながら歩き始めたときだった。九階の写真画廊「BLACK & WHITE」から出てきた希美を見つけた。生成りのワンピースに真っ赤なナイキのスニーカー、巻いた長い髪を、彼女が護身用と呼んでいた玉かんざしで留めていた。声を掛けようと身を乗り出したが、ふうっと視界から逸れてしまった。

多田はすぐさまエレベーターへ戻る。銀の箱は既に九階を目指して下降中だった。階段室がすぐ隣にあったので、扉を開けて階段を降り始めた。途中階でエレベーターには追いつかないと諦め、そのまま地上階を目指す。画廊ビルの訪問者はほとんどが最上階まで上がり、ワンフロアずつギャラリーを巡りながら降りていく設計となっているので、階段室は広く明るい。

駆け降りながら、唐突に、先程、美術展で観たジョルジュ・ブラックの「ヴァイオリニスト」が蘇る。階段を下るという反復運動は、不意の記憶を呼び起こすようだ。キュビズム初期の傑作、ヴァイオリン演奏者という造形、演奏そのものの時間を、それぞれに微分したような複雑な構成。めまぐるしい弓の躍動、音の変化が組み合わされ表現されているような作品だった。高校生の頃、図書館にあった印刷の悪い美術書で何度も時間をかけて眺めた記憶が、天地一メートルほどの実物と重なった。キュビズムとは何か？　ブラックのヴァイオリニストとピカソのアビニヨンの娘たちを見つめていればいつか答えが見つかるかのように、繰り返し眺めたのだった。今日、問われるなら、絵画とは何か、描くとは何か、美とは何かを自問した瞬間、キュビズムが始まったとでも答えるのだろうか。しかし、あの当時はもっと明快な答えが存在し、その秘密を手に入れたのなら、自分もブラックやピカソになれると思っていた。実物のヴァイオリニストを前にした時、あれからの三十年ほどの歳月が、ひと塊となって強引に脳裏へ引き摺り出された。あの時代、ブラックはセザンヌへの尊敬を込めて深い緑と茶と黒という色彩構成で描いている。彩りを捨てることで造形《フォルム》の主張が明確になると考えたのだろうか。確かなことは、この作品で、ブラックは空間の多様性と同時に時間のそれをも描こうと意図したことだ。時空の多様性とあの色彩への拒否はどこかで関係しているはずなのだが、未だに判らない。それ以上に、と多田は考える。ブラックが作品から捨て去ろうとしたもの、例えば色彩や造形、光と陰などからアプローチした方が良いのだろうか。作家が捨て去ったものを明らかにすれば、作品に見えてくるものがあるはずだ。捨て去ったもの、まずは言葉、写実、遠近法とする。ブラックは書いている。「視覚的空間は対象を一つずつ分け隔て、触覚的空間は対象から我々を隔てる」。これはこれまでの絵画が支配されていた視覚、視線が判別するもの、つまり意味であり言葉、および写実が対象を区別させてきた空間。そこから離れると、触覚的なアプローチによって、空間を一つのまとまった構図、存在として捉えられるといっているのか。気持ちを鎮め、眼を細め、視力を落として、世界と向き合うと、何かが浮かび上がる。視線が見えなくしているもの、それは何か？

　先日、興味ある話を聞いた。全盲の人間が風景を思い描くとき、風景のいずれかに視点を置くことはしないので、一気に映像全体を想像するというのだ。全盲の人間にはそのように思い描くことは可能だが、それを作品として鑑賞できないという。それは画家の視線の在り方に大いに関わってくる。セザンヌも、視点を持たずにサン・ヴィクトワールを描こうとしたのではないか、とふと思ったものだった。全体を捉えること、それは主体という視点を外すことに結びつく。

アンリ・ミショーのドローイングを連想する。

視線に速度、質量があるのなら、それを限りなく0に近づけることで世界に触れると震えのような線と形が現れる。五感から圧を除き、無重力の状態で世界を感じとるとミショーの線と形が現れる。あるいは全盲の人のように視野のどこにも焦点を合わせずに、風景全体を見るようにしても同様の効果が受けられる、と考える。それはオートマチズムからオールオーバーという絵画の流れに繋がるのだが、ミショーの場合はメスカリンがそれを実現させた。ブラックは薬物の助けを借りることなく、理性によってそのことを成し遂げた。見るものとしての主体を消すことで、描く対象との同等な関係を結ぶこと。それまでの絵画史は作家という主体によって支配されていた。その支配・被支配関係を正すことがキュビズムなのかもしれない。キュビズムは、見ることと見るものの可逆的な関係を絵画を通して追い求めたのだ。作家と対象との相関関係を絵画として再構築したのが1907年の「アビニヨンの娘」であり、それはアインシュタインの特殊相対性理論の発表が1905年であったことと決して無関係ではない。

時代が大きく動く時、そのうねりに最も敏感なのがアートなのかもしれない。その敏感さは、決してアートの価値を決定するものではないと思うのだが、いま市場がそれを価値として求め、認めていることは確かだ。

8／7と壁面に大きく表示された踊り場を過ぎた。多田の左膝に痛みが走る。半年ほど前の試合で、敵のスライディングを避け損ね、ピッチに倒されたあのときだ。審判の笛が鳴った。膝を捻ったのか、立ち上がる際に鈍痛を覚えた。直接フリーキックの指示がでる。ボールを置き、ゴールとのシュートラインを思い描く。ゴールネットの後ろに日傘をさした希美の姿を見つけた。手を挙げると、希美も日傘を上げて応えてくれた。後日、転倒した多田のことを「倒された一瞬、あなたは空中に浮かび、恍惚の表情を浮かべていた」と希美は表現した。「火あぶりにされた殉教者が、神を見つけたようなあの恍惚。あるいはグレコが描く聖人たち」と笑った。希美の指摘に一瞬の記憶が鮮明に蘇った。ふわりと空中に在った瞬間、眩しいほどの空の青さ。それは、希美の指摘によって作られた記憶なのか、わたし自身のそれか判然としない。そんな記憶の断片が積み重なって多田という主体を成していくのだろう。あの頃の希美は宗教音楽に入れ込んでおり、とくにバッハの無伴奏ヴァイオリンのためのソノタとパルティータを繰り返し聴いていた。中でもソナタの三番のフーガを気に入っており、主題が「来たり給え、創造主なる聖霊よ」であることを教えてくれた。希美はバッハの音楽に「わたしの神様を探してる」といっていた。多田は神や創造主という言葉に引っかかる。自分が創造物＝クリーチャーと貶められたような悪意を僅かだが覚えるからだ。崇めることは良い、だがその対極には卑下が隠されている。神がいなくなっても、裏返された嗜虐性、裏返された自虐性は、現代の倫理観の根底に潜んでいると思っている。今日の他者との関係性に、ともすると嗜虐・自虐が色濃く現れているように感じるのは間違っているのだろうか。自らの肉体に鞭打つ聖職者のイメージが蘇る。地上で最も残酷なことは、自己卑下であり自虐だと誰かが書いていた。だが、そんなイメージを打ち消すように、無伴奏ヴァイオリンの重音の連なりと落下、そして上昇、その落差を心底美しいと感じられた。

多田は階段を降り続ける。落下と上昇、垂直と水平の運動が、アートや音楽、舞踏の共通項になるかと考える。垂直に水面に突き刺さる飛び込みの選手。垂直であるほど波しぶきは立たないと聞いた。垂直であること、引力に抗い立つこと、重力と筋力の平衡をたもつこと、それらの美しさ。筋肉の緊張と弛緩、それは放り投げたものが停止し、落下を始める際の歓びに似た震えに近い。バレリーナが跳躍し、高さの頂点で示す一瞬の恍惚と危うさとも重なる。一瞬の像《カタチ》は記憶の中でより明確になり留まる。さらには、放物線を美しいと思う感覚は、反復するものが描く螺旋の連なり、無限を想わせる回転の正確さへの感動に繋がる。そのような動きを取り入れたインスタレーションは増えているが、果たして、それらはアートの批評の語彙となりうるのか。画家は画布に筆を置いた時に、そのような恍惚の一瞬を味わうことはあるのか。少なくともポロックのオールオーヴァーは地面にキャンバスを横たえることで、従来の重力、縦の方向性を免れたといえる。それでは、と連想はあらぬ方向へ行く。それでは、ボールが跳ねて空中で止まる一瞬の緩急を想い描き、その相対する二重性、すなわち停止と始動、上下への均衡と破砕を表現した作品は何故にないのか。それはあくまで舞踏による表現でしかないのだろうか。確かに、ジャコメッティの彫刻はそれに近いかもしれない。引力に抗して屹立することの震え、それはジャコメッティにとっては実体と虚構の拮抗でもあるようだった。最初から石塊としてあるものを彫る彫刻と違って、粘土を付けていく塑像だからこその表現ともいえる。彼の時間をかけ無数の線を重ねて描かれるポートレートには、喜怒哀楽という感情のすべてが描かれているようにも感じられた。宇宙は拡散と求心のエネルギーで満ちている。その均衡はすべての現象と事物を支配しているのだ。長いバランス棒を持ちロープを渡る綱渡り芸人に美しさと共感を覚えるのは、そのことと無関係ではない。重力に抗い人が立った時、人は動物ではなくなった。立つこと、手の自由を得ること、それは描くことを可能にし、芸術を生み出すことに繋がって行く。優れた舞踏家は肉体という不自由を通して自由を表現する。

多田の思考は一本の蜘蛛の糸を手繰り寄せるように頼りなく巡っていく。ある種の蜘蛛は自分が吐き出した糸を風に乗せて飛んでいくという。果たして、自分の思考も蜘蛛ほどの自由を持ち得るのか。

笛の音が一瞬を切った。膝に違和感を覚えながらキックしたボールは、緩やかな放物線を描き、ゴールポストの遥か上を飛んでいった。希美は日傘を傾け、ボールが消えた青空を見上げていた。ボールが描いた曲線の記憶、そして彼女の上げた顎《おとがい》から首筋、胸元へ落ちる線を美しいと想い出した。

6／5と表示された踊り場が足元に見えた。階段を下る足の運びはデュシャンの「階段を降りる裸婦No．2」そのものだった。ブラックの「ヴァイオリニスト」と同じ年に発表された記念すべき作品だが、当初はパリで拒否され、ニューヨークへ渡り初めて歓迎された。多田は、作品そのものとしてはブラックの緻密さを選ぶが、デュシャンの持つ明快なモチーフが新大陸で受けたのだろう。少なくとも、二つの作品の共通点は、時間の流れを描いているということだ。時間そのものを描写した初めての作品なのかもしれない。

ブラックの「ヴァイオリニスト」は画面下方に、四本の弦とf字孔が描かれているのでタイトルに結びつく。だが、ピカソの「アビニヨンの娘たち」は、タイトルがなければ描かれた彼女たちがアビニヨンの娼婦だとはわからない。だが、それらの作品はタイトルを外しても成り立つ。希美は違う。希美という名前は希美という肉体に否応無く結びついている。それ以上に、わたしの中に、記憶に、意識に、肉体に、深く刻み込まれている。希美という名を、絶対無二だと思ってしまっている。いや、作品とタイトル、希美という名前を並列にして想うこと自体が、混乱している。これは、酸欠した思考のせいか。

2／1と書かれた踊り場を過ぎ、地上階へ出た。平地の安定に、束の間、足下は喜ぶ。エレベーターは再び上昇しており、ロビーに希美の姿は見当たらない。通りへ出て左右を眺めても、見つけることはできなかった。一瞬、朦朧とした。霞む思考の中、果たして、希美がエレベーターで降りて、このビルを出たこと、その推測さえも危うい。

多田が、もう一度九階へ戻ってみようかと迷い、呆然と通りに佇んでいると、「タダさーん」と呼ばれた。訪問予定のギャラリーの役所だった。市役所さんと陰口を叩かれるように、相も変わらぬ地味なグレーのスーツに臙脂のネクタイを締めている。臙脂を自分のカラーと決めているようで、右手に持つ鞄も臙脂色だった。その日は、彼の画廊で半年先に企画しているヒラノ・ヨーコ展の打ち合わせで呼ばれたのだった。

「ちょうどいいや、ランチへ行きましょうよ」と誘われる。ちょうどいい、とは十二階まで登らなくて済むという意味かと考えていると、役所は「この先に美味いチャイニーズが出来たので」と、さっさと道を引き返していった。

白身魚を紹興酒で蒸した料理は、確かに美味しかった。火山国で、あちこちから湯気の上がっているこの日本で、魚を蒸す技術が発達しなかったのは何故か、温泉に行っても饅頭だけしか蒸されていないのは情けない、役所はそんな話をしながら、メニューを広げて次々と注文を追加していく。多田がそんなに食べられないと注意しても、わたしが片付けますからと取り合わない。最近とみに肥った体躯から想像して、家庭でかなりのカロリー制限を押し付けられているのだろう。その反動だろうか、一通り注文すると満足そうにおしぼりを使った。料理と飲み物が次々と運ばれ、空いた皿だけが増えていくが、なかなか仕事の話に入らない。画廊や作家の噂話ばかりが続く。健啖家の啖は言偏じゃなかったよなと自問した。メイン料理が片付いた段階で、待ちきれず多田は今度の企画内容を説明しろと促した。

役所は、おっと驚いた顔をして、箸を置き、指先を拭きながら、「いやいやいや」と鼈甲メガネを近づけてくる。打合せに秘密めいた演出をするのは役所の特徴だ。これは画商全般にいえることなのかもしれないが。

「ヨーコさん、ご承知のようにニューヨークの画商と結婚したのだけれど、三年前に離婚しまして、一人娘を連れてこちらへ戻ってきたでしょう。佐世保の別宅に大人しく蟄居していましたが、あの性格でしょ、最近になって、何で自分の作品が注目されないの、売れないのと騒ぎはじめましてね。帰国後、地元の県美や画廊で個展は開いたのですが、いまいち光が当たらない。やはり東京じゃないとと、うちに白羽の矢が関門海峡を越えて飛んできた、というわけでして。来年早々に、一月間通しで個展を開くことになりまして、いくら蟄居の身といっても、あちらの実家は北九州の資産家でしょ、開催費用などは全部ヨーコさんが持つということで、とりあえず広報用にと作品集をまとめることが決まりまして、是が非とも多田さんにご協力をとお願いしたいわけで」と一気にまくし立てた。言葉の締めに、お願いします、と両手をテーブルにつき、大げさに低頭した後、間髪をおかずに箸を取り、飢えた子供のように再び料理に取り掛かった。

一分も満たない時間に語られたヒラノ・ヨーコの三年間を、多田は充分に納得したように感じてしまっている。ふと、それは何故かと疑う。ブラックの「ヴァイオリニスト」は一時間をかけて話しても語り足りないだろうし、希美との一年間は、一年をかけてもまとめきれない。対して、多田の一生など、役所にかかればものの五分で語り尽くされるのだろう。そう思うだけで背中に冷たいものが走った。麺をかき込む役所の眼鏡が曇っている、と思いながら、ニューヨークで見たヨーコの作品を想い起こしていた。何処までも広がり続けるようなイエロー。摩天楼の記憶さえ塗り替えそうなイエローだった。

ヨーコの作品集はA2版ヨコの100頁箱入り、製本をせずに、洒落たバインダーで綴じ、好きな作品を額装できるようにする。オリジナルのリトグラフを一点加え、日本語・英語併記として販売価格は550ドル八万円、初版は千冊を刷る。日本と欧米の美術館、日本の図書館と大学へＤＭを送る、とその場で決めた。

「八万円という値付けは弱気だね」といったら、「いやあ、八という縁起担ぎもあるのですが、本音は返本の山を考えるとゾッとしますんで」と役所は震えてみせた。多田は、これだったら捌けるし、広報目的ならこれで十分なのだろうとも思った。

二人は食事を終えて、役所の画廊へ戻ることになり、エレベーターに乗った。多田と役所と胃袋に入った中華料理の数々を乗せて、銀の箱は上昇する。途中の九階で、多田は役所に断り一人降りた。写真画廊を覗き、芳名帳を確認したが、希美の名前はなかった。記帳しなかったのか、それとも、今にして思うと、あれは多田の幻想なのかとも疑った。ビールに少し酔った頭では、なおさら判然としない。生成りのワンピースと赤いスニーカー、少し希美には若すぎるファッションのようにも思えてきたが、あの頭の団子と赤い玉かんざしは希美のものではなかったか。多田は、再び十二階へ登るエレベーターに乗り込む。酔いの名残りか、それともこの銀色の大箱を乱反射する灯のせいか、あるいは単なる足元の揺れのためか、さわさわと浮つく気分に憑きまとわれていた。一時間ほど前の記憶が、こんなにも危ういものなのか。希美への思いの質量がすべての記憶を引きつけ、揺るがしているのか。多田は、希美という惑星が乗った平面が深く沈む記憶の質量図を思い描く。沈下する斜面を無数の記憶が螺旋を描きころころと滑り落ちていく。滑り落ちることの恐れ怯えは、希美へ近づく期待に優るのか。記憶とは、そのように大きな質量に引かれ、落ちていくものだろうか。少なくとも、記憶と感情は深い場所で混じり合い絡み合っており、想い出というスペースに吸収されていくと考えた。

役所は、画廊でヒラノ・ヨーコのニューヨーク時代の作品をプロジェクターで見せてくれた。新作は佐世保にて制作中だという。映写された作品の大半が天地三メートルほどの大作だった。彼女の特色は布づかいにある。様々な素材の布を縫合したものにアクリル絵の具で彩色してある。異なった布素材の組み合わせが、人工とも自然とも違う独特の表現を生み出していた。縫い合わされた布は乱雑に切られているため、はみ出した布の造形が生き物のように見え、味となっていた。西洋にはタペストリーの伝統が根付いていたからか、彼女の作品は、日本よりも欧米で評価された。十数年前にはパリコレに彼女の布をまとったモデルが登場して、ランウェイを歩き評判となった。作品の大きさゆえ、日本にコレクターは少なく、画廊の取り扱いも役所のところだけに限られていた。今回の個展は品川海岸の倉庫を使うことになるだろうが、一月は寒く、大きな倉庫スペースでは充分な暖房が望めないので、客足が遠退くのではないかと懸念する。役所も同様な意見だが、作家が一刻も早くと聞かないという。まあ、携帯カイロ取り放題で見てもらうしかないかな、と嘆いていた。ただ、作品群は熱く、到底六十歳を超えた作家のものと思えない勢いがあった。とくにカドミウムイエローに近い独自の黄色の使い方が素晴らしく、近年の抽象画にもこれだけの黄色を使った作品は見当たらず、彼女が新境地を開いたといっても過言ではない。凝視していると身体の芯から温まって来るほど色感が伝わってきた。それは、イブ・クラインの青、フランク・ステラの黒に匹敵する作品になるかもしれない、と思われた。ヨーコ独自の色使いは作品集の印刷に関わることでもあり、彼女の黄色を特色で刷ることはもちろんなのだが、その黄色をインクで出すことが困難を極めそうだった。色校正を何度も繰り返さないと完成しない、そう役所にいうと、天を見上げ、印刷費を見積もる表情になってしまった。

個展に関する資料一式とスケジュール表を、長崎カステラが入っていたと思われる紙袋に突っ込み手渡された。「そうそう、これも持ってって」と役所の実家から届いたという信州土産も紙袋に放り込まれる。何だと尋ねると、イナゴの佃煮だという。「ヨーコとカステラとイナゴかよ」と呆れると、解剖台でのミシンとこうもりがさの出会いのように美味しい、と中華料理を詰め込んだ胃袋で返答された。

多田は、帰宅途中で出力センターに立寄り、作品データを渡し、すべてA2サイズでプリントしてくれるように依頼した。受付カウンターの女の子は新人で名札にヒナタとあった。ヒナタって苗字か名前かと尋ねたら、「キャバクラじゃあるまいし、苗字です」と笑われた。真新しい紺の制服に、花模様を描いたネイルが目立った。印象派の画家たちが現代に蘇り、女の子たちのファッションやメイクを見て、何というのだろうと想像した。

ランチのビールが効いたのか、身体が急に怠くなり、荷物をことさら重く感じたのでタクシーを拾った。自宅に戻り、鍵を開けると、いつものように誰もいない空間に向かって「ただいま」という。部屋を巡り、窓を開け放つ。いつも夕刻に軽トラックで来る、パン屋が流す第三の男のテーマが聞こえてきた。チターの音がひび割れて、空き缶を叩いているように響く。音につられて、たくさんの野良猫がパン屋へ急ぐ風景を想い描く。そういえば、時々顔を見せていた黒猫の姿を見かけない。希美がいなくなって、餌に有りつけないと思ったのだろうか。餌やりの琺瑯びきのボウルが空のままキッチンの傍に放置されていた。

多田は、ヨーコの作品データを取り出し年代順に揃え、紙データはスキャンしてPCに保存した。溜まった郵便物を開け、メールをチェックして、PCを閉じて、シャワーを浴びた。疲れたので、寝室のカーテンを閉めてベッドに入る。部屋は厚いカーテンを通した夕日に染まっていた。

明るいうちに寝たせいか、奇妙な夢を見た。

ピカソとブラックが小さなテーブルを挟んで座り、話し込んでいる。多田といえば、隣のテーブルで小さなテープレコーダーをいじっている。二人の会話を録音するためなのだろうが、うまくリールが回らない。

B「あの作品には驚いた」

P「見た者すべてから悪評を頂戴したよ」

B「当初は、正直、何が何だかわからなかった。自分のアトリエに戻った頃に、やっとあの作品のすごさを痛感できた」

P「こちらは、あまりの酷評にすっかり自信をなくした」

B「絵を描くという意味、絵を描くという自由を、あらためて考えさせられた。画家からの視線ではなく、キャンバスからの視線で世界を眺めるという変革そのものなんだ」

P「マチスとあなた、そしてきみには理解してもらえると思っていたよ」とピカソは多田を見た。多田はピカソの視線に恐縮する。あの作品とは「アビニヨンの娘たち」のことだ。そう気づいて嬉しくなる。しかし、スイッチを何度もひねってもリールが回転を始めない。ガチャガチャという音が二人の会話を遮らないかと心配する。

P「マネ、セザンヌたちは絵画の自由を一つずつ解放してきた。だが、美そのもの、色彩、造形そのものに自由を与えなくては、真の解放とはいえないだろう」

B「既成の美意識から、いかに自由を勝ち取れるかが問題なのだ。美を疑い、色彩、造形を疑うことでしか、絵画の自由はあり得ない。その自由は作家からではなく、キャンバスそのものから発想しなければ生まれない」

P「同感だ、われわれの美への固定概念を洗いざらい打ち破ることが肝心だ。我々は描くために対象を眺める。同時に、対象も我々を眺めていることを認識することが必要なのだ」

B「そうだ、世界の中心に人間はいない。空間と時間を再構築して、見えないものを見えるように描くのさ」とブラックは大きな手を広げ主張した。

P「見ることは創造行為であるが、悪くいえば偽証行為そのものでもある。ありのままに見ているという写実の嘘を剥ぎ取らなければならない」

B「ところで、アビニヨオンの娼婦のヌードを描いたのはマネのオランピアへのトリビュートなのか？」とブラックが尋ねると、ピカソはニヤリと笑った。

わたしは我慢できずに、口を挟んだ。

T「あの頃は、あなた方お二人に歩調を合わせるように、カンディンスキー、モンドリアン、ロベール・ドローネー、ドイツ表現主義などが、一斉に絵画の自由を求めて、これまでに誰も描いたことのないような作品を生んでいきます。あの流れは、あの熱気はいったい何だったのでしょうか？」

P「いったい何だったのか？」

B「いったい何だったのか？」

テープレコーダーのリールがやっと正確に回り始めた。ほっと安心して視線を上げると、二人はもういなかった。「いったい何だったのか？」という声だけが録音され、反復されていた。

深夜を回った頃に目が覚めた。「いったい何だったのか？」という声だけが残滓のように記憶にこびりついてくる。ふと、ブラックが絵画によって時間と空間を微分したように、文学においても時間と空間の微分は可能ではないかと思いついた。例えば、主人公の一つの行為、ナイフを手に取り相手を刺す、という行為を微分していく。行為の微分は意識の微分になる。三十秒ほどの行為を解体すること、そこには収斂するものと拡散するものが同時に生まれてくるはずだ。ナイフの煌めきの描写と殺意への集中、恐怖と快楽への期待と昂まり、筋肉の緊張と膨れる血管、懺悔の予感と怨念の解放、相対するものを微視的に書いていく。書くこと自体が行為と時間を広げて解体していく。そのような文体を構築できないかと考えた。三十秒の行為が永遠に続いていくことになる。集中と拡散が同一の平面で成り立つ。絵画では容易だが、文学では困難を極める。たぶん、カフカやベケットはそれを試みたのだろうが、彼らほどの技量と熱量はわたしにはない、と多田は諦めた。タダはそれがダメなんだよ、と希美の声が聞こえてくるようだった。「あの熱気はいったい何だったのか？」

時代という時の流れに、萌芽と成長と成熟、衰退があることは確かだろう。その大きな推移に、どう関わるかが人の運命を左右する。

多田は顔を洗い、コーヒー・メーカーのスイッチを入れると、小さなマシンは黒いボディをぷるっと震わせる。やがて、リスが数匹棲んでいるかのように、カリカリと豆を砕く音がし始めた。ＰＣとプロジェクターを立ち上げ、ヨーコの作品が、可能な限り原寸大でスライドしながら映るようにセッティングした。コーヒーの香りが漂い始める。香りを縫うように目の前の壁にカラフルな作品が投影される。百年ほど前、二十世紀初頭に、画家たちは大きな変革を果たした。写真の普及が絵画から写実の役割をなくし、絵画が絵画自体の存在意義を問うた。印象派からフォービズム、キュビズムへの急速な流れは、その渦中に生きてなかったことを後悔させるほどに魅力的だった。だが、多田の目の前に映る作品は、彼らの作品からはあまりに温度差がある。赤道直下と北極圏ほどの違いだ。気取った評論家なら、夜の神ニュクスの冷気を浴びたようだと書くに違いない。そう、二十一世紀は、夜の、極北の世紀かもしれない。二十一世紀を迎えたわたしたちは、熱を帯びることに疲れ過ぎてしまった。熱気そのものに嘘、虚飾、演技を感じ始めている。多田が希美のことを忘れることができないのは、そのせいかもしれない。なぜかと問われるなら、答えに窮するが。ポコポコとコーヒーが落ちる音がする。記憶のわずかな手応え。氷河に埋まった鬼火のような仄かな光明。あの時、希美は、あたしの過去までを捏造しないでといった。だが、過去をそのままに保存記憶するなど不可能だろう。記憶は記憶の関係性の中で生きている。だから、その関係性が移ろえば、記憶も変わるしかない。美術の評価、価値の変遷は、まさにその証だと思う。このような脈略のない思考こそが縺れた記憶の束にある糸口を作るように思えた。とたんに、小腹が空いたと感じた。席を立ち、キッチンへ行く。思考を中断し、包丁を丁寧に研ぐ。トマトとキュウリ、ハムを冷蔵庫から取り出し、できる限り薄く切る。何もかも忘れて刃先に集中する。トマトの薄皮に刃が入る瞬間は美しい。赤い表皮のかすかな反発に喜びさえ感じた。パンにバターを塗り、トマト、キュウリ、ハムをそれぞれに載せてサンドイッチをこさえた。素材に合わせて、マヨネーズやマスタードを塗ったりブラックペッパーを振ったりする場合もあった。だが、複数の素材を一緒にすることはない。舌先に当たるのは、単一の味だけにしたい。熱さではなく冷たさ、理性を取り戻すような冷たさ、そんな美味しさへの希求、そのことは、希美と意見を一にしたものだ。

ヨーコの作品を新抽象表現主義の文脈から語ることは容易いが、意味があるとは思われない。そもそもが面白くない。読みたくもない。現代美術に於ける位置づけなどを語っても読み手に伝わるものは少なすぎる。ましてや、読み手には情報の切り売りとしか感じられない。作品を直視することが第一であることを忘れてはならない。作品と対峙すべきで、時代や市場、ましてや美術業界と対峙して何になる。線を引くこと、色をつけること、色を組み合わせること、素材感という原点に立ち戻って語らぬ限り、批評とはなり得ないのではないか。感性だけを頼りに、素手で、他者として、作品と相対することが必要ではないか。たぶん、美術ほど作家の作業を追体験しやすい芸術はない。子供の頃に、誰もが絵を描き、粘土を捏ねたことがある。どんな人も、美術の才能を輝かせた時期を持つ。人知れず天才である一瞬を誰れもが体験していたはずだ。だから、作家の視線となり、作品と接することは難しくはない。作家への追体験こそ作品鑑賞のダイナミズムそのものだ。作家は絵画を描くと同時に、作品によって描かされている。鑑賞者は、その相互関係の只中に身を置く喜びを味わえば良い。例えば、ヒラノ・ヨーコがイエローを塗布した時の高揚感と、そこへひっそりと流れ込む冷静さを想う。ブリジット・ライリーは、スーラの点描色を水平に走らせて抽象作品を描いた。間違いなく、ゴッホの黄色はゴーギャンの黄色と照応している。ヨーコもその交響を意識して彼らの作品から色を選び、構成したのではないかと想像しよう。飛び出た布端は向日葵にもゴッホのタッチにも見えてくる。造形・構成は時代とともに変化するが、色彩はほとんど変わらない。フレスコ画から現代のアクリル絵具まで、絵画の歴史の上で、多様なイエローの行き着く先として、ヨーコはこれらの作品を描いたのではないか、と考える。我々は太陽を直視することはできない。だが、誰にでも太陽のイメージはある。嬰児が視力を得て最初に光を感じた時の記憶、忘れ去られているがすべての色彩の原点となるような記憶、そんな太陽の残影のような色彩としてイエローを考えてみる。それは、多田からイエローの物語を引き出すだろう。房総の菜の花畑、「描く気さえ失うほどのイエロー」と希美はスケッチブックさえ開けず、運転する多田に少しも気遣うことなくビールばかり飲んでいた。その時の記憶は、明らかに希美の言葉に強く影響されたイエローだ。果たして、そのことは、何を意味するのだろう。希美に影響されたイエローの記憶をもって、ゴッホに影響を受けたヨーコのイエローと対峙するとは、何を意味するのだろう。物語は物語を惹きつける。イエローの記憶の連鎖は、再びヨーコのイエローに戻っていく。

多田はコーヒーのお代わりをするついでに、冷蔵庫を開けてドーナツを取り出した。あれだけの中華を食べておきながら、胃袋の底が抜けたようなこの食欲はなんだろう。そんな不安も、好きなドーナツを手に取ると霧散した。ドーナツのリングは宇宙論につながると希美はいっていた。真ん中の中空がブラックホール、こんなドーナツ状の島宇宙が、この宇宙空間には無数に浮かんでいるの。ローソクの炎の中心は無色だし、台風の目には雲はない。あらゆる中心はわたしたちには見えないの。そう、あなたの中心もわたしには見えないし、あなた自身にも見えないの。自己の核は空。その見えない部分こそがエネルギーの中心。一番大切なものは決して見えないの。そういいながら、ドーナツをリスのように齧っていた。北欧ではコートの裏地としてリスの毛皮が好まれる、とくに毛が密なロシアリスは高級品だそうだ。これも、希美からの受け売りだ。

初めて会ったとき、希美は「相沢希美」と自己紹介をした。実は、渡辺希美が本名らしく、渡辺という苗字の平凡さを嫌ったこと、出席番号が最初の苗字に憧れたこと（渡辺はつねにビリだった）とで、相沢という偽名を騙ったようだ。後に知ったのだが、初恋の男の子が相沢くんだったことも一因と思われる。だから、希美という名も相沢くんの君からきているのかと疑えば疑える。そもそも芸人や作家でもないのに、偽名を使うことに驚いたが、希美ならばと納得できた。

最初の出会いでは、希美は黒のジョーゼットのドレスを着ていた。あのとき以来、その黒のドレスを見たことがない、どうしたのか、と希美に訊いたことがある。少し怒って、黒のドレスなんて着ていなかった、ときっぱりと否定された。だいたいが黒のジョーゼットなんて持っていない。第一、そんなものを着るのならお葬式でしょう。あなたと葬儀に出たことなんてないじゃない。そもそもあなたは、冠婚葬祭には一切出ない人だし、という。怒りは飛び火して「あなたは白分やわたしの過去までを更新してしまう、自分の都合で勝手に捏造してしまう」と非難する。創作は原稿の上だけにしてほしいの、とまでいわれた。多田はいつも、水面を飛ぶ小石のように跳ねていく希美の話に追いついていけない。最終的に必ず非難めいたゴールに落ち着くのは、毎回、自分に何か非があるのかという気にさえなった。希美の言葉を鵜呑みにすると、論理とは皆に共通するものではなく各々のものであり、不可侵のものであるかのようにも思えてしまう。結局のところ、多田は「ごめん」と謝りながらも、黒のジョーゼットの希美が歩いて来る姿を思い浮かべていた。そういえば、あの当時、女子の美大生はみんな黒を着ていた。美大はほぼ全校自然の中にあり、そこに大勢の黒服の女たちがカラスの群れのように棲息していたのだ。あれは、いったい何だったのか？　何を意味していたのか？

大きな台風が過ぎて数日が経った頃だったろう。多田は友人が勤める美術大学を訪れるために、京王線で多摩川を渡った。川の中央の浅瀬に梢を川下に向けて横たわる大木が目に飛び込んだ。もぎとられた根が水に洗われ痛々しかった。台風で流され、水位が落ちたこの場所に落ち着いたのか。激流が大木を根こそぎさらうニュース映像を思い出す。根をさらし川床にあっても水と光が豊富なせいか、まだ青々と緑を茂らせていた。高い枝に何匹かの白鷺が止まっていた。鉄橋を渡るわずか数秒間に、大木のイメージはしっかりと記憶に残った。近頃接したどんな芸術作品よりも、大木の存在は荘厳でかつ大胆であり圧倒された。

アートは自然に敵わないのか、と多田は考えた。芸術は自然よりも高みにあると、ヘーゲルは書いた。神、子、聖霊の三位一体を芸術の理想としたヘーゲルだから、芸術よりも思想、思想よりも信仰という階層を前提としていた。神が死んだ今、そんな階層は誰も信じてはいない。芸術が見上げるものとしての地位を失ってから、随分と久しい。だとしたら、芸術の意味とは何なのか。どんな造形を、どんな色彩を創造しても、自然の足元にも及ばないのは確かだろう。人間の予想を超えた自然の景観、想いもつかない生命の色彩は、我々に表現の限界を突きつける。毎日のニュースを見ていると、インスタレーションというアートの意味・価値を疑う。人間には、あの大木の造形に、あの白鷺の色合いに敵うものはつくれない。だから、結局は、己れ自身の存在を見つめるしかないのか。世界という光景を見つめるよりも人間という闇を探るしかないのか。そこに人間にしか伝わらない世界を見つけるしかないのか。そもそも、世界という概念は人間がつくりだしたものだ。自然は世界ではない。だが、音楽が自然の発する音を抽象化して組み立てられているように、人の美意識も自然の色や造形の記憶から成り立っていることは確かだ。

アートには、見るものに五感を総動員することの強制、各々の独自な一度きりの体験がそこに込められているはずだ。見つめていると、自分の中に広がっていく何か、多分、始原としての何か、根源的な何かを感じ取れば良い。批評とは、その体験を言葉にする仕事だと思う。

人類最初の絵画は、人が自然を眼の前にしたときの、驚き、恐れ、喜び、それら感動を確認し共有するために生まれた、と考えてみる。自然へ、神への畏敬を表すために、描かれてきた。そんな芸術の原点から現代アートは遥か遠い場所へ来てしまった。現在、サイ・トゥオンブリー、鴻池朋子をはじめ、描くことの原点へ帰ろうとするアーティストは多い。かつて神と称されたもの、未知のもの、名づけえぬものへ向けての畏敬として、表現としてのアートは正しいと思う。その対象が自然から人間にすり替わったとき、アートは道に迷った。作品が言葉を取り込んだゆえに、純粋性を失ったのだ。例えば、神に向けての宗教画と、人に向けての宗教画は明らかに違う。それは、畏敬と誇示との違いでもあった。

わたしという存在の中に、自然を、未知な何かを、名づけえぬものを探求しない芸術はつまらない。作品と対峙したときに、未知な何かを、名づけえぬものを引き出してくれるものでなければ価値はない、と多田は感じている。だから、結局は、己れ自身の存在を見つめるしかなく、己れ自身の闇を探るしかないのだろう。どんなに衝撃的な景観を撮影しても芸術にはならないのだ。そんな基本中の基本を忘れてしまってる作品のなんと多いことか。見渡せば、遊園地のアトラクションや展示ものを模様替えしたような作品ばかりじゃないか、と多田は思う。

見続けることで初めて見えてくる世界がある。触れること、目を閉じて触れることでしか知りえない実在性もある。五感の喜びが快楽となるなら、それは芸術と呼びうるのか？　快楽とアートとの差異は何か？

問いは果てしなく広がる。時代時代の画家たちが自問してきた同じような問いかけは、この先も綿々と続いていくに違いない。だからこそ、わたしたちは同じ感動を共有できるのだろう。ただ明解なのは、このわたしという存在を通さずして、問い、その答えとしての作品に広がりはないということ。感動はないということだ。そういえばと、多田は「すべての真実は胃を通っている」という文章を、中華料理を未だ消化しきれていない胃袋で想い出していた。

二章　ヨーコ、イエローを捨てて茜になる

夕陽が海面に反射して雲の茜をいっそう複雑なものとしている。ヨーコの別荘がある佐世保・大島から見る夕景は素晴らしい。かつて曽祖父が夏を過ごすために建てた別荘だった。ヨーコにとって、子供からの幾つもの夏休みの想い出が重なるのか、いつまで眺め続けても飽きることはなかった。

ヨーコは夕陽に染まる雲を描きたくて、和紙一面に辰砂の朱を滲ませ広げるのだが、満足できる色が見えてこない。一つは、素地の白色の問題だとはわかる。純水に朱を溶かし白い布で吸い取れば近いものができると思う。その上に彩色していけば良いのだが、最適な白布が見つからない。布はヒデヨが探してくれているので、間もなく見つかるだろうと楽観している。最も肝心なことは、茜色が決まらないことだ。茜雲はほぼ毎日見ることができる。布が見つかるまで、自分の茜色を探すため、とりあえずエスキスだけを繰り返す。

三年前、ヨーコは食道がんと宣告された。発症の原因は、ニューヨークという街とカドミウムイエローのせいだと思っている。巨大都市の負荷と、乾いて粉状になったカドミウムイエローの毒性がヨーコに

入り込み、肉体と精神の均衡を崩した。だから、夫と別れ、日本へ戻り、イエローを捨てて、自然食を始めた。わたしを救うのは自然と野菜と娘のシンディだ、とヨーコは決めた。採りたての野菜と玄米のみで毎日のメニューを組み立てた。ファイトケミカルを中心に、カリウムを摂取して細胞のナトリウムバランスを正常に保つ。動物性タンパク質は一切絶った。嗜好品として、朝に一杯のコーヒー、夜に一杯のビールだけを許した。そもそもヨーコは美食家ではないから、食事の制限になんの苦痛も感じなかった。一年以上続けた成果は、具体的にがん細胞の縮小というカタチで現れた。いずれ、がん細胞は消滅すると信じている。体調、気力も万全だ。だから、今のうちに個展を開きたくて、東京へ連絡した。

ヨーコは、胸元に潜む臙脂色をした細胞の異常増殖は、肉体と精神の均衡を壊した結果だと考える。バランスの維持は、健康にとっても創作にとっても基本となる。健康のバランスの崩れは病というカタチで現れるだろう。だが反対に、作品は、既存の美意識のバランスを崩すことで成り立つ。美意識は、少なくとも新たな美意識は、何かを否定することでしか姿を現さないからだ。新たな美とは新たな病理なのかもしれない。美をそのまま表現してもアートにはならない。否定すべき美、疑うべき美を見つけることが必要となる。そのためにも、基本の体幹をつくること、絶対的なバランスを身につけることは必須だ。垂直を描くためには完全な水平を思い描くことが絶対なのだ。そうでなくては、超えるための、崩すための美意識は見つからない。

一人娘であるシンディが、本土の中学校から帰ってきた。キッチンの方から声がする。ヒデヨが、夕刻はヨーコの仕事時間だからと、シンディの相手をしてくれている。今夜、シンディのために魚を焼くといっていた。育ち盛りの彼女には肉と魚は欠かせない。その分たっぷりと野菜をとれば良い。旺盛に食べるシンディを見ているだけで健康を取り戻せるような気がした。

夕雲のスケッチを見て、シンディは内臓のようだと評した。そうか、わたしはつねに無意識に内なる臙脂を見ているのかと、ヨーコは気づいた。がんをやっつけるイメージを持つことで、がん克服に成功した少年の話を読んだことがある。がん細胞を自らを侵略するＵＦＯだと想定し、ＵＦＯと戦うイメージを想い描き続けることで、がんを消滅させたという。ヨーコも、抗うものとして、臙脂色の増殖細胞をイメージし、戦い続けていくだろう。だとすれば、スケッチの臙脂が美しい茜になったときに、がんの影は消えるはずだ。

ヨーコは、自分には時間の流れが見えると、信じている。

時間の流れを意識すると、空間が自分に向かって開いてくるように見えた。それを言葉で説明するのは難しい。全盲で生まれた人に色彩や明暗の説明をするように困難だ。あえて表現すれば、大概の人は空間を、自分の立ち位置、つまり正面からしか眺めることができない。正面からだと、空間の奥行きと時間の奥行きが重なってしまっている。視野を少しずらして斜めから見ることができると、もう一つの奥行き、つまり時間を眺めることができるのだ。時間の流れは言葉にできないが、絵画としては描きうる。これまでに、時間の流れ、つまり空間の開きが見えた画家は多いと思う。たぶん、セザンヌ、ピカソ、ブラック、モランディなどがそうだ。十九世紀以前の画家はわからない。時間の質そのものが変わってきたからだと思う。とくに、セザンヌには時間が見えていた。

三十路を過ぎた頃、ヨーコは時間が見えることに気づいた。それまでも見えていたのだろうが、自覚できなかったのだ。自覚できずに、死んでしまう人間が大半だろう。画家ゆえに自覚できたといっても、あながち間違いではない。時間が見えると、時間の停滞に敏感になる。時間が淀み視界が閉じこもる感覚に苛立つ。その停滞を抜けたと感じたとき、視界が開けて動き出す瞬間、時間が見えると確信できた。

ヨーコは時間について、過去を巻き込みながら進む波のようなものだと思っている。人は時間の波に乗っていることを、日常という慣性の法則によって気付かないのだが、画布に向かった時に一瞬時間を留めることで時間が見えてくる。そんな気がすると、シンディに話したことがある。彼女は、ああと呟いて、野球のプレイで、ボールを投げたり打ったりしているとき、一瞬時間を手に入れた感覚があると答えたものだ。多分、その時、日常の慣性を破るほど時間が弾けた瞬間を体得できたのかもしれない。

では、時間が見えることで何を得るのか。五感に加えて新たな感覚を持つことは、果たして喜びとなるのか、とも考える。生まれつき全盲の人が視覚を得たことで、幸福を感じるのだろうか。視覚そのものを知らず、視覚が欠如しているという感覚がなければ、どうなのだろう。最初から視界を知らない人間には、余計なお世話のような気がしてならない。視覚を持たない人間には、視覚という機能を知らない限り、聴覚、触覚、嗅覚、味覚のすべてが完璧な世界であり、四つの感覚で満足しており、その他には何もいらないはずだ。聴覚、触覚、嗅覚、味覚の世界に、新たに視覚が加わることは過多な興奮だけをもたらすのではないか。事実、時間の流れが見えることに気づいた頃は、相当な体力を必要としたのか疲労した。感覚の消耗を味わった。最初は、集中力の持続が必須だったからだろう。がん発症の一因は、そこにもあると彼女は思っている。ただ、時計的な、直線な時間への隷属からは解放された。画布という平面に、時間という新たな層が加わったことで、微妙だが、色面に深さが生まれたように思う。時間が見える利点はそれくらいしかないが、この微妙な変化は絵画という表現の根幹に達している。

世界は時間に向かって開いている。ヨーコにとって、そのことが最も明快に感じ取れるものが、夕景の雲だった。茜は、時間の流れそのものなのだ。例えば、眠りに落ちるシンディを見つめていると、シンディの時間は緩やかに速度を落としていく。そのときに、シンディは茜色の時間に包まれる。茜が濃くなるに従い、彼女の肉体は開いていき、ヨーコの視界全体を占めていく。

空の藍が茜に染まり闇に沈んでいくとき、世界はわたしの目前で開いていくとヨーコは感じる。それを写しとれば良いのだが、まだ描くことができない。セザンヌがサント・ヴィクトワール山を目の前にしたとき、故郷の風景は彼に開かれたと感じていたはずだ。山は時間に包まれ、何も語らずそこに在る。だから、何枚も何枚も繰り返し描いた。いくら描き続けても満足は得られなかっただろう。マチスのリンゴも同様だ。つねに時間は流れ、風景は開き続け、変化しているからだ。五島灘の夕景はヨーコのサント・ヴィクトワール山なのだ。ヨーコは、ヨーコの茜を待つ。だが、自身の時間の流れを見つけることは難しい。それは、誰もが、自分という存在を直視できないことと同じだ。鏡を通しては本当の自分を見ることはできない。鏡を通して、時間は見えない。

個展の一月までに、まだ半年以上ある。茜色さえ決まれば、一気に描ける。

色とは壊れた光である、とは小林秀雄の言葉だが、その光は科学において波であり粒となった。二重性のうちに、矛盾を抱えながら壊れながら輝いている。そのことをヨーコは夕空に滲む雲の茜によって確認する。茜は、壊れた光でもなく、波動でもなく、粒子でもなくなる。ただヨーコの網膜に映り、脳裏に浸透し広がるものだ。茜は、移ろいゆくもので、この空を染めて、いずれ消えてゆく。それは、時間そのものであり、視覚を通じてのみ感じとれる世界。唯一の時間が唯一の空間をつくり、広がり行く様子に言葉を失う。茜は人間という生物に与えられた色彩感覚、立体感覚、時間感覚の混合体だ。茜という色は言葉ではないが、言葉によって補われているのかもしれない。補われているという意味で壊れているのであり、矛盾を孕んでもいる。

虫や動物は時間の存在を知らない。だから、茜の存在も認識できないはずだ。もしかすると、とヨーコは考えた。死を知る存在として、人間だけが茜という現象を認識できるかもしれない。死に至る時の流れとして、茜を認識できるのかもしれない。

茜は記憶であり、予感であり、今という瞬間であり、巻き込まれる次元であり、永遠という宇宙なのか。宵の茜が閉じて、明けの茜を待つ。その繰り返しが、ヨーコの毎日となっていった。


シンディはヒデヨのパートナーであるショージに、ヨットの操法を習っている。ショージが英国から取り寄せて自分で組み立てた美しい木製ディンギーに乗り込んで、五島灘へ向かう。追い風を見つけ真っ赤なスピンネーカーを張ると、可憐な小舟は海面を飛ぶように走る。風を読み、体重移動一つでスピードがつくディンギーに夢中になった。風に流される一片の羽毛を扱うような繊細な感覚がたまらなく好きだった。全身が覚醒するような緊張がそこにはあった。当初は、休日になるとショージに付きまとい、丸一日乗っていた。そのせいもあって、シンディの飲み込みは早く、一年もすると県大会に出場できるまでに上達した。ショージの艇は470クラスの二人乗りなので、二人の都合が合わなければ出航できない。ショージは一人で操舵できるが、シンディには許されていない。シンディはそれが不満で、一人乗り用であるレーザー級ディンギーを欲しいとねだっているが、ショージからもヨーコからも許可は出ていない。今夜の食卓でも、状態の良い中古のヨットをネットで見つけたと報告して、母親の顔色を窺った。一度だけ、シンディは、回転するジブブームを避け損なって落水したことがある。ヨーコはそのことを知って、震えるほどに怖がった。シンディが、そんなことしょっ中あることだと釈明しても聞き入れてくれない。当分はムリかなと半分は諦めているが、機会を見つけてはねだっている。

ヒデヨはその日に上がった白身の魚と貝類を組み合わせてアクアパッツァをこさえた。大きなナイフとフォークで骨を外してサーブしてくれる。パリの三つ星のギャルソンだってこれほど上手には出来ないとヨーコは感心する。すごいね、と褒めながら、ヨーコは自分用の野菜スープを綺麗に平らげた。シンディは、ヨーコのスープを味見したことがあった。ほとんど味がなかった。舌先に繊維質を感じただけだった。うぇっと嫌な顔をすると、ヨーコは「あなたにはこの野菜の味がまだわからないのよね」と笑った。野菜スープの味にしろ、ビールの味にしろ、これらを美味しいと感じることが大人になることなら、到底、大人になることを歓迎できないなと、シンディは素直に思っている。

ショージとヒデヨは、かつてヨーコの祖母が暮らしていた離れに住んでいる。四十歳を迎えるまで、二人とも福岡で高校教師をしていた。共に暮らしていたが籍は入れず、子供ができたら結婚しようと決めていた。その理由の一つにショージは健康に自信がなかった。ショージは教師生活になじめず、何かあるごとに体調を崩して入退院を繰り返していたからだった。精密検査をしても原因が特定できず、手当たり次第、健康療法や食事療法を試していた。そんな折、担当医に勧められ有機野菜による食事療法をしていたところ、ヨーコを紹介された。ショージもヨーコも、担当医が強く推奨するゲルソン療法に強い関心を持った。この食事療法は末期がんの治療としても知られており、がん細胞の栄養となる動物性の養分と糖分を断ち、新鮮な野菜だけを摂取することを療法の主としている。そのために一緒に有機農法の菜園づくりを始めようと、ヨーコは夫婦を佐世保・大島の別荘へ招いた。二人とも大島の環境が気に入り、迷うことなく転居した。ゲルソン療法、そして教職を辞めた効果もあったのだろう、ショージの体調はわずか半年で回復したが、教師に戻ることはせず、好きなヨットに乗りながら、野菜づくりと別荘の雑用をこなしている。ヒデヨは、夜間だけ、市内の学習塾に勤めている。午前中は、ヨーコ、ショージ、ヒデヨの三人で、菜園に出て野良仕事をこなす。ヒデヨたちは、ショージの健康も回復したので厳格なゲルソン食事療法からマクロビオティックの食事メニューに変更して、週に三度は魚類を食べる。ヨーコに付き合ってビールも飲む。しかし、肉類と乳製品をとるのはシンディだけだ。

ショージは、収穫した野菜を積んで、道の駅へ向かった。菜園で収穫した食べきれない野菜を道の駅の店に出荷するためだった。ヨーコの名前を付けた有機栽培の野菜は評判が良かった。売り場には、人参やキャベツの山を見下ろすように、麦わら帽子をかぶり、菜園で撮ったヨーコの写真が展示されていた。

本来、ヨーコの作品を運ぶためのトラックなので、野菜の運搬には大きすぎた。荷台の片隅に野菜籠を縛り付けて詰めているが、下り道でカーブが多く、時々野菜がネットを脱けて飛び出してしまう。カーオーディオに流していたブルーノマーズの曲が終わったときだった。キャベツが荷台を転がるような音が聞こえたと思った。車を止めて確かめたが気のせいだった。最近、幻聴らしきものが多くなった。昨夜、ヒデヨから呼ばれたような気がしたので、キッチンへ行き「何？」と尋ねたが、呼んでないよと笑われた。男にも更年期が来ると聞いたが、これがそうなのかと思った。

半年ほど前、佐世保のデパートで、ショージは教え子だった大谷道子に声をかけられた。彼にかつての教師の面影はない。日に焼けてジーンズに長靴というショージは、大谷から恐る恐る「東海林先生ですか？」と尋ねられた。「よく判ったね」と驚くと、「耳の形で」と笑って告げられた。確かに、ショージの耳は子供の頃からスタートレックのスポックと渾名されるほど尖っている。悪魔くんとも呼ばれたが、ショージはこの耳を気に入っていた。

大谷は卒業して化粧品会社に就職し、美容部員としてこのデパートへ福岡から通っているという。高校生の頃から大人びた美しい生徒でクラスの中でも目立っていた。思い出すのは、体育の教師をしていた山本の送別会のことだ。最後に山本と二人きりになり泥酔した店で、山本から「生徒である大谷が好き過ぎて、自分が何をやらかすか怖くなった。だから、異動の申請をした」と告白された。以来、ショージも大谷を意識するようになった。大谷は話すとき相手の目をしっかりと見る。上背もあり、近視のせいなのか、人よりも一歩近づいて話をしてくる。美容部員という営業職のせいで、その癖は一層強くなり、ショージも内心どきりとした。別れ際に、化粧品のサンプルを袋に詰めて、奥様へ、と手渡された。そのお礼も兼ねて、野菜を送ると約束し、大谷の住所を尋ねた。メイクアップの説明を書き込むのだろう、顔の輪郭が描かれた用紙の裏に、丁寧な文字で博多の住所とメールアドレス、電話番号を書き込み、四つに折って、タンガリーシャツの胸ポケットに入れてくれた。メモを摘んだ彼女のオレンジのマニュキュアが印象的だった。ショージはそのとき、いつか彼女と結ばれると思った。以来、その確信はショージを心底大きく揺さぶる。

のちに、ショージは、彼女と結ばれると確信したときの情景をありありと思い浮かべるだろう。オレンジのマニキュア、ブラウスのステッチ、胸のポケットに差し入れられた紙片。それら一連の記憶に浸るだけで温水が全身を潤すような安堵感に包まれた。停滞した時間が流れ出したような解放感を味わうことができた。ショージは、大谷を通してやっと自分という主体を見出せたのかもしれない、と思ってしまったのだ。

つねづねショージは、男性にとっての主体性とは幻想であると考えていた。遺伝子から考えても男性はあくまで女性の副産物でしかない。実際、社会、職場、家族における男性の主体性はあまりに定型化して一つの役割となってしまっている。夫だの、父だの、課長だのの配役を精一杯演じることを求められ、そのことに嬉々として取り組んでいる。各々の立場は、あなたが勝ち取った役割なのだからといわれ続ける。だから、男性は、夫でもなく、父でもなく、社会人でもない、あたかも本当の自分が何処かにあると思いがちだ。そして、そんな主体など何処にもないことを知って愕然とする。ショージは、そのことを十分に理解していると思っていたが、大谷との出会いで得られた充実によって、その充実が本当の主体を示しているのだと思い始めた。そのような主体への幻想に再び囚われてしまい、過去のジョージを否定することにも繋がった。

以前、ショージは、教師という職につくづく疲れ果てていた。佐世保に移り、教師という荷を降ろしたことで健康は取り戻せたが、教師という役割を手放したことで主体性の喪失に怯え始めた。ヨーコ、シンディ、ヒデヨ、ショージそれぞれがお互いの個性を認め、お互いの役割を求め合っているこの環境が、却ってその要因となってしまった。一人だけの男性ということもあるのだろう。本来ないはずのものを求めることがそもそも間違っている、と自分を納得させた。だが、そんな納得こそ幻想に過ぎなかったのかもしれない。女と男の違いは、それを幻想と思うかどうかだが、女性はそんな幻想には頓着などしない。初めから無駄とわかっているものに関わらないことが得策だと知っているからだ。

ショージが海という空間で一人きりになれるヨットを再開したのも、そんなことが動機だった。ラダーを握る間だけは、集中し、不安から逃れられた。日頃関わっているコミュニティから遠ざかることができた。近頃、ショージは自分を取り巻く女性たちの自由さを羨むようになっている。対して、自らの無為な時間、滞った時間、混濁する時間に、腰が落ち着かず、眩暈《めまい》さえ覚えるようになってきた。ショージを演じることにほとほと疲れてしまう。いや、演じていると感じていることに倦んでいるのかもしれない。道子といると、そんな不安から逃れられた。幻想にしろ、素の自分がそこに居ると信じられた。

沖からの風が突然強くなった。自然と全身に緊張が走る。艇が波に乗り上げ、波間に浮いた。一瞬、時間が止まり、自分の居場所をありありと俯瞰できたように思えた。そのとき、初めて佐世保から離れたいと思った。その後、伊万里のホテルで、窓から外を眺める道子の裸体をつくづく美しいと感じることがあった。そのとき不意に、全く違う世界が何処かに在ると思えた。同時に、自分のいる場所は此処でもなく佐世保でもない、と思った。佐世保から出よう。その決心は何処から来たのかと尋ねられたら、ショージは答えに窮するだろう。だが、揺らぎのない気持ちであったことに間違いはなかった。つねに身の置き場を見つけようとしている、迷走する主体性、それがショージそのものだったからだ。

大谷道子は、佐世保からの帰路、列車の中で美容部長の大竹から肌の美しさを褒められた。毎日、否応なくメイクをしなければならない美容部員にとって、化粧のノリが良い肌を維持することは至難の技なのだという。誰もが何かしらのトラブルを抱えている。「ほんなごつ、赤ちゃんみたいな、美しか肌をしているわ」と羨ましがられた。「たぶん、野菜ジュースが身体に合ったので」と道子は答えた。高校時代の恩師が佐世保で画家のヒラノ・ヨーコと有機野菜の農場をやっており、そこから届けてくれる野菜で毎朝ジュースを作り飲んでいると教えた。道子はそのときに、列車の暗い窓に重ねて、箱一杯の人参の赤を思い浮かべ、大竹はヨーコの作品を知っていたので、イエローの巨大なキャンバスを眼前に思い描いていた。

大谷道子は、一年の約束で佐世保の売り場を手伝っている。そこの百貨店から、新人を指導し、拡販の販促企画を提案してほしいと依頼されている。博多から佐世保まで通勤に二時間は必要だ。毎日だとさすがに疲れる。だが、ショージと再会できて通勤が楽しくなった。駅や百貨店の人混みにショージの姿を探すようになった。そんなことを、居酒屋で同僚のユキと喋っていたら、「フリンはよしな」とマジメに諭された。「いいじゃん、二時間通勤の生きがいだよ」というと、「行きがいのシャレかよ」と笑われた。ユキが持つジョッキが揺れて、氷がコココと音を立てた。

「このまんまさ、このまんま行けば、オトコ見つけて、結婚して、コドモ産んで、住宅ローン抱えて、親の介護して、死んじゃうんだよね。このまんまでいいのかなって思っちゃう」とユキがいう。「うちの母親なんて、親父のＤＶで離婚して苦労したじゃん、だからしょっちゅう聞かされるのよ、フツーの生活がイチバンなんだって。でもさあ、フツーでいいんかなって迷うのよ、このまんまでいいんかなって思うのよ」という。酔ったのだろう、ユキ定番の会話になってきた。この一線を越えると長くなる。大谷道子は、そろそろお会計をするよと、メニューの液晶板を持ち上げた。

篠原ユキは、彼女の言葉通りに、二年後に結婚をして、子供を二人産んで、マンションを手に入れ、母親の介護をすることになる。子供を短大から卒業させた後、認知症を患った母を、やっと特養に入れて、ほっと一息ついたその年、あとひと月で還暦六十歳を迎えるという年だった。ユキは、パートからの帰り道、交通事故に遭遇し亡くなる。

大谷道子は、ユキには自分の先行きが見えていたのではないかと、感じたことがある。彼女のいつも冷めているような態度は、見えてしまっている人生を辿るという虚しさから由来しているのではないかと思った。見えてしまってはいるが、その行く末を変えようがないとしたら、どれほど歯がゆいものなのか、想像だに出来かねた。道子は、そんな閉塞感のようなものをユキに感じていた。人には様々な秘められた力がある。その能力は他人とは比較できない。大抵は、自分の能力を他人も持っていると勝手に信じている。そんな能力のズレが気持ちのズレ、生き方の違いに繋がるのではないか。ユキには、自分の先行きが見えてしまう能力があったのだ。そのことが良いことなのかは判断出来ない。だが、わたしにはその能力はない、と大谷道子は寂しくも感じ、密かに安堵したものだ。

大谷道子はユキの通夜に参列するだろう。すっかり白髪になり肥った大竹を見かけて、ご無沙汰していますと挨拶する。そして、読経を聞きながら、ユキの口癖だった「このまんま」を思い出して初めて泣く。ユキが過ごしてきた時間を思って泣く。見えてしまった道を辿るしかない虚しさを思って、泣き続ける。

大谷道子は、止めどなく流れる涙を抑えながら、氷のコココという音が聞こえた、と疑う。

ヒデヨはシンディを連れてアメリカ映画を見に行った。ヨーコから、シンディの英語がどんどん下手になる、といわれたからだ。シンディは、ヨーコやヒデヨとは英語で会話するのだが、ショージが入ると日本語になってしまう。自宅を一歩出ると日本語しか使わないし、最近では、スマホに入れている曲もJ-POPが多くなっている。だから、佐世保のシネコンに英語圏の映画がかかると、ヨーコに促されて二人で出かける。英語が下手になっていると、シンディに自覚させるためにも連れて行って、と頼まれる。

最近、ハリウッド映画がアニメとコミックの映画化ばかりでつまらなくなった。途中で居眠りしてしまう映画が多くなった。シンディも、始まって十分もしないうちに眠ってしまうことがある。部活に野球をしているので、疲れているせいもあり、ヒデヨよりも眠る率が高い。長身を思い切り丸めて眠る。だから、席はいつも最後列を選んだ。

シンディは来日したときに、日本語がほとんど出来なかったが、ヨーコは勧められた佐世保基地のアメリカンスクールを嫌って、地元の小学校へ入学させた。そんなシンディの日本語の教師としても、ヒデヨは雇われたのだった。シンディはニューヨークにいた折、リトルリーグで野球を楽しんでいた。父親の熱意もあって、ブルックリン・ベアーズの四番を打っていた。だから、日本の小学校でも迷わず少年野球チームに入った。サードを守り、ライン際で捕球したボールをアンダースローでファーストへ投げる姿に、誰もが見とれた。「やっぱ本場仕込みは違うたい」と父兄たちは唸ったという。中学になっても、一年生からサードで四番を打った。百七十センチを超す長身でありながら、体幹がブレないので、バットに正確に捉えるだけで、ボールは面白いように飛んでいった。二年になった今、背番号は3を貰った。子供たちは背番号3の意味を誰も知らない。

先日のことだった。シンディが風呂に入っていた。シャンプーが切れていたので、ヒデヨがドアの外から声をかけた。返事がなかった。怖くなって、思わずドアを開けた。待っていたように、バスタブの底に沈んでいたシンディが、がばっと起き上がってきた。「何をしてるのよ」と怒鳴ったら、死んだマネをしていたといった。シンディの大人の部分と子供の部分の対応に戸惑う、そして愉快だと心から楽しめた。

スクリーンでは異星人がマンハッタンを次々と破壊していた。シンディは大音量にもビクともせずに眠っている。ヒデヨはシンディの額にかかった父親譲りとされるプラチナブロンドを、指先で摘んで上げた。この娘はなんの疑いも抱かずに日本へ来て、野球をして、ここで眠っている。両親が離婚しても、迷うことなく母親を選んだと、本人から聞いた。大きくなったら、ニューヨークへ行って、父親の仕事である画商を手伝っても良いかとも考えているらしい。自分にはまったく考えられない、手に入らない人生が、ここで静かに寝息を立てている不思議。異なった時間と異なった人生を、それぞれに歩むヒデヨとシンディが、隣同士でここにいることの不思議、と心から感動できた。愛情を持って共生できる他者がいることとの幸せを、ヒデヨはここ佐世保で学んだ。

ヒデヨは、もう一人の共生者ショージが美容部員になった教え子と再会し、関係したことを知っている。お節介にも道の駅の店員が教えてくれた。だからといって、嫉妬することはない。浮気しようが、あくまでショージとわたしの関係の問題なのだ。だから、嫉妬という感情はどこかに忘れて来た。嫉妬によって生まれるものは、あまりに空しい。嫉妬はしない、嫉妬はできない。ヒデヨは、そのほうがずーっと楽だと考えている。嫉妬をおぼえないこと、妬まないこと、愛情の見返りを望まないこと、それはヒデヨ独自の能力であり、彼女はそれを気づいていない。人は自身の性格を他人ほど理解はしていない。

ヒデヨは、佐世保・大島の魚介類と有機野菜を使って、レストランと宿泊を兼ねたオーベルジュを作りたいと考えている。四部屋八人ほどの規模なら自分にでもできると思う。ヨーコも、シンディも、ショージも賛同してくれた。ヨーコは、今度の個展が終わったら、絵描きを辞めると宣言している。絵描きとして絵を描くということは、絵に描かされているの、という。描かされている強制が、辛くなったそうだ。これからは趣味で絵を描きたい。個展が終わったら、ヒデヨのオーベルジュを手伝う、オーベルジュのための作品も描くともいってくれた。

ヒデヨは、ショージが意外とオーベルジュのマネージングに向いているのではないか、と密かに考えている。カウンターで予約をチェックしながら、客と談笑をするショージを思い描いて楽しんでいる。ショージはきっとボウタイが似合うとも思っている。昨夜の食卓で、ヒデヨが、いちど福岡あたりのフレンチで修行した方が良いのかな、といったら、全員が口を揃えて、今の料理で十分だよと答えてくれた。ヒデヨのブイヤベースとアクアパッツァ、それに獲れたての野菜サラダがあれば、何もいらないとヨーコがいう。食事療法を続けているヨーコは、もちろんヒデヨのブイヤベースもアクアパッツァも食べたことがない。そういうと、シンディがあんなに美味しそうに食べてるのを見ればわかるよ、と断言した。

五島の地鶏は有名だ。あの五島鶏を使ってローストチキンとレバーペーストを作れば、などと話はどんどん広がっていく。大島には魚見台といってヨーコお気に入りの場所がある。シンディは、あそこにオーベルジュを建てたら、ともいう。漁業長の菊池さんに相談したらとショージを促す。オーベルジュの話題は決して尽きない。そういえば、シンディはうちの食卓では眠ったことがない、とヒデヨは気づいた。

ヒデヨのオーベルジュは、結局、夢で終わる。ショージがヒデヨと別れ、佐世保を去るからだ。その際に、大谷が一緒だったかはヒデヨにはわからなかった。

ショージが佐世保を去る半年前、定期検診で、ショージの肺に影が見つかる。ステージ四の末期がんだと宣告され、担当医から粒子線治療と合わせて抗がん剤治療を勧められる。その結果の生存率を示されながらも、ショージは自分にピリオドが打たれたと感じた。彼が佐世保を離れようとした決心を、まるで裏打ちするような発症だった。そのせいか、死への恐怖は思ったほどに感じなかった。その代わりに、言うにいえない高揚感と戦慄を覚えた。これまでの病歴、ヨーコの野菜農園への転居、佐世保・大島での日々、それら過去、現在、未来が一つながりになって見えた。がんの発症は一つの結論なのだろうが、一つの契機でもある。初めて、自分だけの時間を持つことができるのだ、と思った。がんによって、まごうことなき主体を持ち得たのだ。余命に保証された主体。だから、これからは生き方を変えなければならない。これまで、誰かに導かれるように、誰かの希望に添うように、自分の目的を探るように、生きてきた。今回は自分で決めて自分で動くしかない。終活と呼ばれる締めくくりを自力で纏めなくてはならない。自分の人生を自分のものとする最後のチャンスだ。ショージは今年で五十歳になる。成程、これが区切りなのだと思った。ヨーコたちとの暮らしの中で自分だけ違った時間を過ごしているような、あの疎外感から逃れられる。自分で自分の時間を初めて持てるのだ。

がん宣告の半年ほど前、佐世保を離れる決心をしたあの日、思いついて、佐世保の街へ出て生命保険に入った。ヒデヨへの責任を幾らかでも果たそうと、受取人を彼女名義にした。がん告知を受けた時、そうか、こういうことだったのかと、その符合に納得できた。佐世保への転居、大谷との出会いなどを振り返り、これが自分の物語なのだと納得できた。一つながりに結ばれた一つの物語。疑う余地なく、これがわたしなのかと了解できた。

がん宣告で、余計なものがそぎ落とされた。皮肉なものだと思う、マイナスがなければプラスは得られないのだ。ショージは、この先、短くとも、自分の意思に合わせて、自分が決めた人生を生きてみたいと思う。

ともあれ、大騒ぎされたくなかった。一人で生き、一人で死にたいと願う。我儘勝手だとはわかっている。だが、それは死を手に入れた者の特権だと思いたい。どれほどの時間が残っているかはわからないが、ともかく一人で死んでいきたい。そう思ったショージには、一人でラダーを握り波間を滑走するあの充実感があった。

担当医にホスピスのある病院を幾つか紹介して貰った。海に近い富山の病院を選んだ。担当医に自分のがんについては家族や知己に知らせないように口封じをした。医師は抵抗したが守秘義務がある以上、同意するしかなかった。それからの三ヶ月、ショージは入院費用を集め、各種の手続きを終え、簡単な旅支度を整えた。佐世保最後の日、野菜を道の駅に納めると、空港へ向かった。ヒデヨ、ヨーコ、シンディ、そして大谷には、「仕事を見つけ、自分の居場所を探すために東京へ行く」と、後に手紙で伝えた。以後、携帯も変えたのか、一切連絡を絶ってしまう。

ショージのいなくなった食卓でシンディは尋ねる。

「彼は仕事が決まれば戻ってくるのかしら?」

「わたしはもう会えないと思っている」とヒデヨは答えた。

「そうね、戻っては来ないでしょうね」とヨーコも同意する。

シンディはそれ以上は尋ねない。

ヨーコは思う。ショージという大きな風景が通り過ぎた。ショージには時間の陰影を見つけることはできなかった。ショージの時間はここでは開かれてはいなかったのだ。だが、この一年、ショージの何かが変わりつつあったのは事実だ。ヨーコがそれが何かを見つける前に、ショージは去ってしまった。シンディは、ラダーを持ちながら海面をぼんやりと眺めているショージの日に焼けた横顔が脳裏に浮かんだ。ヨーコとヒデヨ、そしてシンディ、女たちは空に寄り添うように、空を見上げるように生きてきた気がする。空の時間を生きていると思えた。反面、ショージは海を眺め、海に漂うように生きていた。海の時間が彼の時間だったのだろうか。空に惹かれる、海に惹かれる、それは男女の性差でもあるのか。ともかく、シンディがショージに惹かれたのは、そこだった。自分にないものを持っていたショージを、心から好きだと思った。

ショージが選んだホスピスから、山間を縫うように走る川が見えた。

消灯を迎えた病室に、海底のような静寂が潜んでいる。叫び声が遠くで聞こえた。柔らかな靴音がぱらぱらとそちらへ向かった。

モルヒネのせいなのか、意識が途切れ途切れになっている。何とか一つに纏めようとするのだが、沈み込み、底へ拡散する力の方が強い。いや、そちらの方がラクだと思ってしまう。気を緩めると苦痛は遠ざかるのだ。記憶が断片として時制を無視してランダムに点滅する。そんな断片が万華鏡の色片のように散らばり、勝手気儘に回転する。天空の星空に似ている。そうか、あの星空も誰かの記憶の輝きだとしたら、と気付く。これが夢か現かの判断さえ億劫になってくる。夢も現も変わりやしないじゃないか。何を拘るのかとも呆れる。呆れることも、肉体を弛緩させる演技なのか。そんな投げやりと集中の繰り返し、同時に反対方向へ引き合う苦痛と安楽。気を緩めると苦痛は遠ざかるといいきかす。ああ、マリンスノウのようだ、記憶の死骸がゆらゆらとわたしの中に降り積もっていく。

脳裏の星空から一つ一つ輝きが消えていく。もう、いいんだという声が聞こえた。そうか、もういいんだな。

ヒデヨは想い出していた。いつの出来事だったろう。ショージと裏山を歩いていた時、立ち枯れた一本の花海棠を見つけた。虫にやられたのか葉を落として骨だけとなった花海棠、そして、隣には伴侶のように生えた健康な花海棠が見事な花を咲かせていた。ショージは立ち枯れた花海棠と一緒に、躊躇することなく健康な花海棠をも伐採してしまった。非難するヒデヨに、こっちの木も既に虫にやられているといった。一本だけ残すのも可哀相とも、ぼそっと付け加えた。その時、ヒデヨはショージの残酷さを見たと思った。だが、振り返れば、あれはショージなりの愛情表現だったのかとも思えた。

ショージは自らを器用貧乏と認めるほど、何でもこなせた。教師としても優秀だったし、佐世保に来てからも、庭仕事、大工仕事も素人離れしていた。その器用貧乏の成果の一つがディンギーだった。ショージは求められたことに対して、好き嫌いを問わず全力を尽くした。「ソンな性格ね」とヒデヨは揶揄したものだ。そのソンな性格に、終に破綻が来たのだろう。誰にも求められることがない場所で一人になりたかったに違いない、と思った。福岡では四年で体を壊した。佐世保でも今年が四年めだった。身体の元気を取り戻した分、心がやられたのかもしれない。戻ってくることはないだろうと思っていたが、気持ちの隅では、その内に戻ってくるだろうとも信じていたら一年が経ち、富山のホスピスから、ショージが死んだと通知が来た。

突然の死亡通知にヒデヨは心から驚く。だが、すぐにショージの失踪が、このような結末を予想させていたかのように思えてきた。気が付かなかった自分の迂闊さを呪った。余りに不意の不幸は、その衝撃の強さから、それが当然の運命のように思わせてしまうものなのだ。偶然を必然にと変えてしまう。人は、そうして納得するしかない。

気持ちの整理もつかないまま、ヒデヨはヨーコとシンディと三人で富山へ向かった。富山空港でレンタカーを借り、庄川沿いのホスピスに着いた時は、ショージは既に霊安室へ移されていた。ヒデヨはひとまわり小さくなったショージを目にしても泣けなかった。狭い霊安室の空間に、シンディの泣き声だけが響いた。看護師からショージの入院の様子を聞いた。「たいへん社交的な方で、ショージさんの周囲で笑いが絶えたことがありませんでした」と告げられた時、誰か他人の話のように思えてしまった。わたしはわたしのショージしか知らなかった、とヒデヨは思った。

翌日、簡単な葬儀を済ませ、骨を佐世保に持ち帰った。シンディは、海へ返したいと喉仏の骨を貰った。ディンギーで沖へ出たが、骨は捨てなかった。

ショージの遺品から保険証書が見つかった。ヒデヨが受取人となっている五千万円の生命保険だった。ヒデヨは理解する。このために、手術もX線治療も抗がん剤治療も拒み、一人ホスピスへ入ったのだ。佐世保にいては、寄ってたかって可能な限りの治療を受けさせられる。だから、誰にもいわずに富山へ向かったのだ。ヨーコは「ショージらしいエンディングだわね」といった。

道子は佐世保勤務を終えて博多に戻った。以来、ショージとの逢瀬を続け、週に一度、道子の休日である水曜日に会うことにした。佐世保と博多の中間地点である伊万里を選ぶ。ショージは車で出かけ、道子は博多天神から出る高速バスを使った。午後の数時間を町の陶芸教室でろくろを回し、食事を楽しんだ。その後にバスの最終時間まで抱き合った。ショージも道子も逢瀬を心待ちにしたが、毎週の陶芸にも夢中になった。ショージが外出の口実にと始めた陶芸だったが、二人ともに、土を捏ね成形し、釉薬をかけて絵付けする作業に新鮮な喜びを見出した。この土地独自の磁器の透明感に惹かれ、道子は終生、土を捏ねて焼くことを続けることになる。佐世保の百貨店への出向、ショージとの再会、そして陶芸への熱中、その過程の一つ一つが大きな流れに乗せられているように感じた。日頃は自らの優柔不断な性格を嘆いていたのだが、ショージとの出会いから、どんな躊躇《ためら》いもなくここまで来たことに自分でも驚いていた。朝の鏡の中で、大竹から褒められた肌がいつにも増して輝いているようだった。道子は、わたしの肌のような磁器を焼きたいと思った。

ある水曜日、前触れもなくショージが伊万里に来なくなる。携帯も繋がらない。道子は二人の関係が露見したのだと思うしかなかった。二人の関係はそんなに儚いものでしかなかったのかと、腹を立て泣いた。だが、すぐに思い直す。勝手な推測ほど人を疲れさせる。ショージと再会して新しい世界が開けたではないか。いつか人の噂が落ち着いたら再会できると信じ、陶芸を一人続ける。陶芸でもしなかったら、水曜日の空白を埋めることはできなかっただろう。だからこそ、一層、陶芸に打ち込んだ。そして、半年後、待望のショージからの葉書を受け取る。「この葉書がきみの手元に届く頃には、ボクはいません」と書き出してあり、続けて病気のこと、ホスピスの生活について簡単に綴ってあった。最後に「きみと過ごした日々は、ボクの人生を振り返って最も輝いていた時間でした。心から有難うをいわせてください」と結ばれていた。ショージがもういない、そのことに少しも実感が湧いてこない。ふっと「不倫はよしな」というユキの言葉を思い出した。やはり、ユキにはショージとの行く末が見えていたのかもしれない。

ショージからの葉書が来る三ヶ月前に、道子の妊娠が発覚する。道子は迷うことなく、産む決心をした。この妊娠は道子を導く大きな流れの節目なのだと疑わなかった。道子の母もシングルマザーだったので、道子が同居することを条件に一人で産むことを許してくれた。梅雨明け宣言が出た翌日、男の子が生まれ、ユウタと名付けられた。ユウタが二歳を迎えた頃、道子の母に恋人が出来て、道子たちが暮らすマンションに出入りするようになった。道子はユウタとともに、マンションを出る。ユウタが三歳の誕生日を迎えた機に、道子は息子を連れて佐世保・大島を訪ねる。ヨーコのことは新聞の特集記事を通して知っていた。記事はヨーコの個展の成功を告げ、大島での生活ぶりを紹介していた。道子は、ここに自分たち親子の居場所があるかもしれないと思えた。ここでなら育児をしながら陶芸を続けられる。だから、躊躇いなく、ユウタを連れて大島の別荘を訪ねた。ヨーコとヒデヨに会い、ユウタを紹介し、これまでの経緯を明かした。そのときには、シンディは大島を出ており、ヨーコ、ヒデヨは二人きりで暮らしていたので、家族が増えると道子母子を温かく歓迎した。以来、道子は博多を出て、大島で暮らすことになる。ヨーコ、ヒデヨ、道子、ユウタの生活が始まり、かつてシンディ、ショージが一緒だった頃の賑やかさを復活させた。

道子は午前中に家庭農園と家事を手伝い、午後は土を捏ねるという生活を始めた。ユウタのためにも最低限の収入を確保するため、土日は佐世保駅前の化粧品店に美容部員として勤めた。同時に、道子は佐世保の三川内《みかわち》焼きの窯へ通い、磁器制作を一から学ぶ。大島に戻っても、天草や佐世保の土を使って、マグカップやカレー皿などの日用品を多く焼いた。ヨーコにも絵付けを手伝ってもらい、そのモダンな作風は市内の土産店でも評価を高めた。道の駅への出荷は、有機野菜に道子の磁器が加わったので、道子の役割となった。後に、Michiko ブランドは全国へ広がる。

ユウタはシンディの跡をなぞるように小学校へ通い、シンディのグローブで野球を楽しみ、シンディの友達のユウジからディンギーの操法を習い、晴れた日は毎日のように五島灘へ出航した。あの頃と同じリズムが戻ってきたと、ヒデヨは喜んだ。島での生活とはそういうことなのかもしれない。人間が自然と島の時間に寄り添うことになる。島に守られているとは、こういうことなのだ。

シンディは高校を卒業すると成人式まで、大学に進むこともなく、無為に毎日を送った。ショージの死を最も引き摺ったのはシンディかもしれない。だから、島と海に癒される時間が必要だったのだろう。ヨーコもヒデヨもシンディとの別れは、シンディの巣立ちなのだと早々に諦めてはいたが、成人式の翌年、唐突にシンディが渡米を宣言したときには、二人とも暫くは落ち込んだ。ヨーコはシンディに新しい時間、新しい風景が必要だと感じていた。一度は都会へ出るべきだろう。成長した姿を見たいとの、父親からの要望もあった。

シンディは野球チームの後輩だったユウジを誘って、彼にヨットの操法を教え込んだ。シンディの見込み通りに、ユウジはめきめきと上達した。

シンディが渡米を決めた最後の夏、二人は鹿児島までのセーリングを楽しんだ。テントを積んで、日没した時点で係留をするというだけの無計画な旅だった。出立から一週間後に錦江湾へ入り、マリーナのホテルに泊まった。揺れのないベッドが物足りなかったので、一泊だけして名物のラーメンを食べて戻った。帰路、阿久根港に上陸して昼食をとったことがあった。このセーリングで、二人ともに真っ黒に日焼けして、ひとまわり大きくなっていた。腹ごなしにと、港の倉庫脇でキャッチボールを始めた。ユウジは捕手だったので、時に座ってシンディの球を受けた。ビキニ姿で投げる金髪のシンディに人だかりができた。バットを持って打たしてくれと頼んできた男がいた。シンディは三球ともに内角低めのストレートで三振を奪った。観ていた少年が「マジ、マンガみてえ」と呟いた。

シンディは裸で泳ぐ。海が凪ぐと、アンカーを落として、ビキニを脱いで、水着跡だけが白い裸身で、バウから海へ飛び込んだ。ユウジは裸のシンディを直視できなかったが、シンディが飛び込んだ波しぶきを見つめて、海の青の向こうに、シンディの金髪が揺らいだと思った。

シンディはニューヨークの父の元へ戻り、大学に進む。大学院在学中に、インド人の数学者と結婚をして、三十路までに三人の子供をもうける。後に、夫と別れたシンディは、ニューヨークで父の手伝いをして過ごす。だが、シンディが四十歳台に入った頃、子供三人と佐世保・大島に戻る。その時には、長女のルルが二十歳、次女サンディが十六歳、長男テルが十三歳になっていた。9.11のテロリズムが契機だった。もう、こんな国には住めないと思った。

子供たちが島の生活に溶け込むのは、あっという間だった。たちまち日本語も、方言も、島の遊びも身につけた。父親の遺伝子を受け継いだ三兄弟の肌は日差しに強い。全員、真っ黒になって佐世保の学校へ通う。そして、シンディにヨットの操法を教えてもらい、ユウタとともに五島の海へ出航した。

宣言通りになったことは、ヨーコが絵描きを辞めたこと、ヨーコからがんの影が一切消えたことだった。ヨーコは、自らの中で茜とがんの臙脂を交換したと思っていた。がんが消えて二年後、ヨーコには時間が見えなくなった。世界が閉じ始めていると感じた。もう、絵描きとしての役割は終わり、茜は描けないと思った。

後に、ヨーコとヒデヨは、本土で子供たちに絵画と英語を教えた。ある日、ヨーコは教室の子供たちそれぞれに鮮やかな時間の流れを見つける。集中しなくとも、気持ちを解放するだけで時間の流れを見ることができた。だが、時間の流れは子供に対してしか見えない。一時期のことだったが、久しぶりに心からの幸せに満たされる。その折に、子供たちの時間の流れを水彩でスケッチしたものをまとめて「子供の時間」として出版される。

晩年、ヨーコは振り返って思ったことがある。

生きとし生けるものすべてにそれぞれの時間がある。生命と時間は密接に関わっている。時間が途切れた時に死を迎える。時間とは、宇宙、生物、人、そしてアートの中心でありエネルギーそのものだ。エネルギーであるゆえに、人の時間も、動物の時間も、植物の時間も、それぞれに他の時間を呼び寄せるだろう。そう、オーベルジュの話題に盛り上がったあの時、あの時間の充実と熱気は良い例だ。人と人、人ともの、ものともの、すべての関係が自然体であり、求め合い、生き生きと輝いていた。すべての存在が熱を帯び、触れ合うことの楽しさを知っていた。時間が開放され、形態が自由を帯び、色彩が濃度を増し、永遠が信じられた。濃厚な時間がツナミのように繰り返し押し寄せたあのとき、あれほど満ち足りた何かをわたしは作品に残せたのか。時間は成長している。黎明期から青春期、成熟期を経て、老衰へと至る。小さな時間は大きな時間に包まれていく。だが、どちらもまったく同じ時間なのだ。違いなどありはしない。宇宙の時間も量子の時間も変わりはしない。時間が時間を包括していく。その繰り返しを歴史と呼んできたのかもしれない。時間の青春期から成熟期へ、世界全体の時間の流れが、すべての関係性が開花するだろう。その風景をわたしは見渡せたのではなかったか。人が生涯で見渡せる世界の広さは限られている。限られているからこそ、茜を美しく思うのだ。例えていえば、神が眠りから目覚め、重い瞼をうっすらと開けた時の瞳の輝き、それが茜なのだ。
そう、ただ不変であり続けるのは、五島灘の空を染める茜だけだ、とヨーコは思った。刻々と変化する時間の流れ、変化という普遍。ヨーコに時間は見えなくなったが、白分とヒデヨの時間の流れが、ともにその茜に染まったと気づいている。茜という普遍に変化したと信じている。

シンディの長男テルの高校卒業の日、ヒデヨは大量の唐揚げを揚げた。道子の窯を使ってピザも焼いた。カルパッチョとサラダも山のように用意した。ルルも博多から帰ってくる。ユウタが即席のドリンクバーをしつらえている。彼はショージの器用さを受け継いだのか、部屋の飾り付けも見事に仕上げた。道子の皿が花畑のように大テーブルに並ぶ。時間が大潮のように満ちてきている。道子の工房から出てきたヨーコとシンディが口を揃えて「これ以上、何もいらないわ」といった。ヨーコは、島の時間が再び輝いてきていると思った。二人の人生に対してか、判断できなかった。ヨーコは、島の時間が再び輝いてきていると思った。回帰した時間と更新した時間が美しく共存していると感じた。時間が見えなくはなったが、土に根付いた満ち足りたものをそこに感じた。時間は時計ではない、その土地に息づく時間を各々が受け入れることが大切なのだ、とつくづく思えた。

九十歳を迎えた年に、ヨーコは風邪を拗らし入院して一週間後に肺炎で亡くなる。その年まで、ヨーコは道子の指導のもとに陶芸を楽しんでおり、最後の作品が香炉を大きくしたような蓋つきの壺だった。壺は青磁、蓋は茜色に塗られていた。夕焼けが海を覆っているような作りになっていた。ヒデヨの提案でその壺にヨーコの骨を納めた。シンディはママにお似合いの骨壺だね、と喜んだ。

人が死に臨む時、人の脳裏に一生分の記憶が走馬灯のように流れるという。それは事実なのだろうかと、ヨーコは入院先のベッドでぼんやりと考えていた。最近、幼少時の記憶、ヨーコを産んだばかりの頃の母の夢を見るようになっていたからだ。そんな幼い記憶があるはずはないと思っていても、夢に出てくる。これがいずれ死に際の記憶の走馬灯になるのか、とヨーコは疑う。

赤児のヨーコは、籐で編んだ乳母車に寝かされている。白い布を貼った折り畳みの笠の向こうに青い空が広がっている。母親が誰かとお喋りしている声が聞こえる。乳母車の縁に誰かの手が置かれている。それは母の手なのか、わからない。指先の赤いマニキュアが目に入る。母はマニキュアなどしないはずだ。誰の手なのか。それにしても、夕焼けはまだなのか。母に尋ねたいが声が出ない。そうか、わたしは赤児だし、これは夢なのだからと気づく。ヨーコは、夢の続きを見ていると自覚している。それにしても、夕焼けはまだなのか。ヨーコは知っている。時間は回帰することを、時間は元に戻りながら更新していくことを知っている。空間も、運動も、再生と回帰を繰り返しているだけなのだ。北斎の大浪を思い出す。あれは、時間なのだ。今という瞬間を巻き込むように、造形しながらも崩れ落ちるように進行する、あれは北斎の時間なのだと思う。過去から現在へという日常の時間の中では、創作は成り立たない。凍りつき、留まり、ときに逆流する時間を捉えることが、絵を描く意味なのだ。

病室の白い天井に何かに反射した光がまだらに揺れる。ああ、これも夢なのか。だとしたら、そばに母が付き添っているはずだ。母の声がする。

臨終の床で、ヨーコは夕景を見ていた。横一線に広がった茜が闇に溶け込んでいく。星の瞬きが見えたような気がしたが、もう、これで十分だと感じた。

ヨーコの葬儀を終えた翌日、ヒデヨもシンディも道子も、三人ともにまだヨーコがそこに生きているような感覚を持つことができた。たとえば、ヒデヨはシンディや道子にヨーコの物語を読み取ることができたし、シンディも道子も同じ感覚を共有していた。自分たちがヨーコという星を巡る惑星のように思えた。不思議な感覚だった。ヒデヨが、朝食の用意をする際に、ヨーコのスープ皿を並べようとしたこともあった。あっ、ヨーコさんはいないと気づく。その気づきが喪失感にはならなかった。不在というヨーコが、そこにはいた。不在というヨーコを認めて、その日一日を過ごせるようになった。ヒデヨは神の存在を否定する。だが、不在というヨーコを認めることとは、一種の信仰だと思った。わたしだけの信仰を持つ幸せがある、と心から喜ぶことができた。

道子は四十歳台に入った頃、自分にも時間が見えると気づく。五島灘の空を染める茜、そして炉を焦がす炎に時間の広がりを感じ始めていた。道子の中にヨーコがいると感じることが、度々あった。それは、ヨーコの道子への遺産なのか。だが、そのことは誰にもいわなかった。

三章　彼女の独身者たちによって裸にされた花嫁、さえも

多田は上野の森の展覧会へ行った。全国のキューレーターがそれぞれに推薦した新人作家に、幾つかの賞を授与するという企画展だ。同時に、同じ会場で、以前、大賞を取った津上みゆきの個展をしており、彼女の作品も目的の一つだった。津上の作品は、風景から色を抜き出し、その色彩構成をもとに抽象画を創作するというものだ。どんな抽象画も、各々に否定すべきストーリーを抱いている。否定するもの

として、遠近法やモチーフ、物語などイリュージョンと呼ばれているものもその一つだが、拒否するストーリー次第で作品の質が左右されると、多田は考えている。例えば、津上の場合は風景としての形状を打ち消していく。その過程で浮かび上がる色彩および情緒を再構成していく。最終的には単なる色面構成になった作品でも、鑑賞者はその向こうに風景を見る。風景を拒否した風景を感じる。作家が風景に対峙したときの感情を見つける。そのことこそが作品に触れる楽しさだと思う。具象と抽象の境界を描いている。境界上だからこそ、表現できるものがある。具象のなんたるかと同時に抽象のなんたるかを問えるのだ。風景ではない風景とは、具象、抽象のそれぞれが欠落した部分を描くことになる。不在としてしか表現し得ないものがあり、それは「秘すれば花なり」という日本の伝統に繋がるのかもしれない。

どのような風景も観賞者各々で違って見えるが、すべての風景の原景とでもいうべきものが各々の記憶に深く根を下ろしている。いわばその原景の心根に触れるものが作品のリアリティとなっていく。風景を風景たらしめているもの、それは風景にあるのではなく観察者に存在する。そして、その鑑賞の深度が作品の価値として問われる。津上の場合は、スケッチされた風景と作品の風景の間に距離がつくられ、その距離における情態の変化が原景の深度となっていく。多田は、セザンヌも、モランディも、その原景の深度の奥では通底していると考えている。

企画の性格上、オープニングは大勢の人で賑わっていた。受付で案内状を出し、参加のシールを貰って胸に貼る。顔を上げると、人混みの中から、ワイングラスを掲げ、合図を送ってきた希美を見つけた。すでに少し酔っているようだ。真っ赤なイブニングを着けて、ふらふらと近づいて来る。

開口一番、「どう、どう、このドレス、いいでしょう?」といってくる。多田の返事を待つことなく、銀座の地下にホステスたちが使わなくなったドレスを販売している店があり、そこで見つけたの、と教えてくれた。隣にいた美大の女子学生たちが「いいわあ」と感心する。希美は「ね、いいでしょ、このオーガンジーで一万円なの」と学生たちの前でくるりと回って自慢する。「このまんま、銀座で働けるわよね」と訊くので、「銀座のバーには、何年か前には良く連れていってもらったけれど、最近はご無沙汰で」と正直にいうと、「そうね、不景気だからね」と慰められた。多田には、本人には否定されたが、希美が身に着けた黒いオーガンジーのドレスが、記憶の補色のように蘇った。当たり前のことだが、記憶の時間はこんなふうに逆行できるのだと、心のどこかで感心していた。

希美は美大を中途退学し、ファッションデザインの勉強を始めていた。「作品をつくる手応えが違うのよ。ファッションは決して独りよがりにはならない。肉体をきちんと感じることができるの、曖昧さがないのよね」といって、何冊にもなったスタイル画帳を見せてくれたことがある。色鉛筆を何色も重ねたスケッチは明るく、ホックニーの作品を思わせた。デザインスケッチそれぞれに、献辞が添えてある。レディーガガへ、J・バーキンへ、さらには市川房枝までに捧げられていた。そうなのよ、着てもらう対象を明確にした方がスタイルのイメージが広がるのよね、といっていた。

会場に展示された作品群はどれも、多田の興味を惹くことはなかった。大人し過ぎる。本当に描きたい絵を描いているのかと疑う作品が多かった。市場を見ているが、作品を見つめているかと疑った。これでは、ヨーコの作品に完敗している。若気の至りが見られない。覇気を感じることができない。競うものが違っているような気がした。これも大きなスクールが美術界に欠如しているからか。いわゆるポストモダンの多様性なのか。多様性の時代にあって、新しいとは新しいスキマを見つけることを意味する。スキマだから、薄っぺらくなってしまうのか。一つの収穫もなかった。知人に一通り挨拶を終え、希美を誘って会場を出た。このドレスでは焼き鳥屋はムリだなと、湯島天神近くの小料理屋へ向かった。

天神様への急な坂を登っていた時だった。息を切らした希美がホテルの派手なネオンを見つけて「ねぇ、あそこでお風呂に入って、カラオケして、ワインを飲もうよ」と提案してくる。「エッチはナシだよ」と念を押された。久しぶりの雑踏で疲れていたこともあり、賛成した。コンビニで赤と白のワインとつまみを買い求め、ホテルへ入る。薄暗いロビーには各部屋の案内動画が映し出された液晶パネルが並んでいた。「こっちのほうが、ずっとアートだよ」といいながら、希美は水族館のような部屋を選んだ。鍵を受け取り、部屋に入る。灯を落とすとブルーの関接照明になり、群れ泳ぐ魚の映像が四方の壁に映し出される演出があった。「ほおら、もはやアーティストは美術館や画廊にはいないのよ」といいながら、希美はさっそくバスタブにお湯を溜め、ワインを開けて、つまみをテーブルに広げる。60年代に流行った蛍光色のスライムのような流体がゆらゆらと浮遊するオブジェがあった。覗き込む希美の表情に緑の影が揺らめいた。

「絵画も音楽も落差の感覚って大切だと思うの。音の落差は音楽だし、色彩の落差は絵画になるの。落差って重力と時間が生み出す恩恵なの。例えば、真夏の舗道が熱せられて地下の水道管に亀裂が入り、路面に水が滲み出してくるとする。石畳の隙間から清水のように水が湧いてきて、路面を濡らして、溢れた水は路肩へと流れ、小さな滝を作り、段差を流れ落ちる。夏の陽をたっぷりと吸い込んで細い流れをつくり、少し先の排水口まで次第に勢いをつけ注ぎ落ちる。三歳になったばかりの女の子が、そんな生まれたばかりの流れを見つけて、顔を輝かせて路肩の水たまりに小さな指を入れる。目を細め、耳をすませば、路肩を落ちる水の囁きと少女の息づかいと乱反射する陽射しとが一瞬一つの完璧な調和を生む。だけど、そのことは誰も知らない。誰も見ていない。降り注ぐ夏の陽射し、屈む少女の視線と笑顔、落ちる水の流れの煌めき。それは偶然が成す恩恵、溢れる恩寵といって良いくらいの奇跡だと思う。瞬時に消える、永遠と完璧。その落差の恵みを絵に描きたいの。和音は音楽のものだけでなく、絵画にも存在する」

多田はベッドに横になり、希美の取り止めのない独白を聞きながら、ああ落差とは希美の発想だったのか、と気づく。いや、多田が話したことを、彼女が広げたのかもしれない、とも考えながら、天井に嵌め込まれた鏡に映る自分の姿を見ている。希美の言葉からブラックのヴァイオリニストを連想し、落差は美しさになりうるのかと疑う。どうしても二十世紀初頭の美術史にこだわってしまう。あの天才たちの時代から離れられない。あの時代の熱気に居なかった自分を置き忘れられた存在のように感じる。バスルームに希美がワインを持って入って行く。バスルームとは半透明のガラスで仕切られているので、希美のシルエットが映っていた。多田はデュシャンの「彼女の独身者たちによって裸にされた花嫁、さえも」をそんな映像に重ねている。水底のような青い部屋にシャワーの水音だけが聞こえる。疲れた肉体に、冴え冴えとした感覚だけがグラスの氷のようにぽつりと浮かぶ。すべてが虚構であり、すべてが真実である世界。信じるものだけが真実となり、その真実を守り続けるしか生きていけない時代。信じるものだけが真実なら、ヨーコのように可能な限りシンプルなものを身辺に置いて、シンプルな生き方をすれば良い。シンプルの中に多様性を見つければ良い。多様性の中にシンプルなものを作り出すことは、辛いし、疲れる。アート、文学において、色数や言葉数が少ないほど伝わるものが多い、とは真理だ。

「拡散ということをイメージしてみるの。光、色、音がつくる波紋を思い描く。蜜蜂が飛翔する時の空気の振動、羽音の広がり、蜂の足元からこぼれる花粉、緩やかな風の中で、攪拌され、拡散される見えない無数の波形。こぼれた花粉の鮮やかな黄色。浮遊し蜂と交差する胞子。震える光としか見えない蜜蜂の羽ばたき。突風が吹き、樹木、蜜蜂、光さえも、一斉に変化する際の驚き。それは、時間が止まり、重力が忘れ去られたような一瞬。その一瞬が崩れ去るとき、光、色、音がすべての方向へ広がっていく。その一つ一つが、あなたのいう大いなる流れの確率に絡め取られている。わたしの言葉でいう神の手の中の出来事なの」

多田は神の手という言葉につまずく。酔っているとはいえ、否、酔っているからこそ、なぜ神などというのか？　彼女と別れたきっかけの一つは神についての論議だった。しかし、そんな希美との記憶を、その時間を、飢えたように獣のように無闇に欲する時があった。窓を開けて、盛りのついた野犬のように夜空に叫びたい時があった。到底、希美には告白できないことなのだが。

希美と二人、コンビニのワインを飲み、派手なホテルの装飾の中、カラオケ装置で歌を歌い続ける。指で押すと、ぷつりと破けてしまう薄皮一枚の現実。それらは、既に、デュシャンのあの作品の中で語られているのだ。「彼女の独身者たちによって裸にされた花嫁、さえも」、作品をフィラデルフィアの美術館へ搬送する途中、ガラス板にヒビが入ったとき、デュシャンは喜んだという。その偶然を歓迎したという。さらに、意図的だと思うが、デュシャンは作品を未完のままで残した。作品であることを拒むことで作品を仕上げたデュシャン、それを果たしてアートと呼べるのだろうか。

多田は作品はすべて未完で終わると思っている。作品に中断はあるが、完成はない。人の一生、宇宙の一生に完成がないように、それは、またカフカの作品のように。終焉は結果であって、完成ではないのだ。そう、作品を完成させるには余りに人生は短いとチャップリンはいった。

未完成で想い出すのは、モロッコのラバトを旅して、ハッサンの塔を訪ねたときのことだ。そこは、十二世紀に、世界最大のモスクを夢見て、モロッコの王が建設を始めたが、道途中で亡くなり放棄された遺跡だった。完成時には80mになる予定の尖塔は44mで終わり、壮大なモスクを支えるはずの二百本の円柱だけが残っていた。しかし、方形の塔とランダムな長さの円柱の配列は、紺碧の空と海を背景に、多田にとって完璧な造形美を見せてくれた。多田は、それを未完のモスクではなく、アートとして見るなら傑作だろうと思った。由来を知らなければ、誰もが完成された作品だと、感動して眺めることだろう。多田は、人間に完成がないように、作品の完成とはつくづく意味がないと感じ入ったものだった。

多田は思う。アートも文学も、全ての作品は過程でしかない。キュビズムとは、そのことを理解しており、長い美術史の中で、完成を問わなかった初めての絵画なのかもしれない。キュビズムという方法論を示すこと、フォルムを完成させることが第一義に重んじられた。しかし、ピカソは絵筆を持ちながら、決して到達しないかもしれないが、いつかキュビズムが辿り着く完成形を夢見ていたと思いたい。

デュシャンの花嫁は、問いかけでしかなく、それを何かしらの答えであると勘違いしたアーティストが、現代アートに混迷をもたらした。今日のコンセプチュアルアートを眺めると、作品の先の視野が閉じてしまっている。仲間内の文脈の中だけに閉じこもっている。作品だけで充足してはいけない。優れた作品の空間時間は、つねに開かれていなければならない。開かれていることが作品の価値を決める、と多田は考える。

ゴールを夢見て走らないランナーはいないだろう。あのシジフォスでさえつねに頂きを目指していた。ヨーコは、未完の意味を知り、絵筆を折った。本質的に、ピカソとの姿勢と違いはない。ガウディがサグラダ・ファミリアを未完のままで亡くなったこと、未完だからと悔いることはなかったはずだ。そのこととも関係するのかもしれない。完成形は作家の脳裏につねに存在するが、脳裏にしかない。

横たわり、目を閉じて、そんな連想を楽しんでいる。心地よい酔いも混じり現実と眠りの間《あわい》にいる漂いを覚えた。朧に取り込まれ、朧を取り込んでいくような曖昧な揺らぎだ。作品が萌芽する瞬間、生命が受精する瞬間、ヨーコの作品に感じたものはそれだったのか。

「いつもね、宇宙が誕生する瞬間のことを想像するの。有と無の間《あわい》に揺らぐ小さな点がとつじょ爆発し、宇宙をこさえた。つまり、この世界、この宇宙のすべてのものは同一の一点から生まれたもの。だから、四つの重力は一つの力だったろうし、量子には質量なぞないと納得できる。質量って、モノって、幻想でしかない。量子って、震え。震えって、有と無の間《あわい》。存在すべてはエネルギーであり、エネルギーだからすべては歌、わたしたちは宇宙というおっきな歌の、ちっちゃな音符」

希美の呟きが止んだ。ふと気づくと、希美が唇を寄せてきた。含んだ希美のワインが多田に移され、肉体の、夜の底へ底へと歌うように落ちていった。

四章　草上の昼食

四月初頭、希美からメールで「草上の昼食」へ招待された。彼女の住まいの近くにあるゴルフ場を公園にした場所を指定しており、この季節は芝生が美しく、公園の北辺を野川が走っている。川のほとりで葉桜が楽しめます、とあった。当日、希美の彼氏である門倉が、車で迎えに来てくれた。門倉は酒を飲まない。「だから、あたしにぴったりなの」と希美が紹介したことを覚えている。門倉は画家だが、現在は立体を中心に作品をつくっており、小さなものでは極小のアルミ箔片を鱗のように繋いだものを人の形で表現したり、大きなものでは、巨大な鉄の薄板をアルミ箔のように曲げ、同じように人の形に表現していた。巨人がこさえた折り紙のような不思議な感覚と、大小の作品の比較が不均衡な錯覚をもたらす。作品すべてを一人で制作するらしく、金属加工を学びに大田区の工場へ通っていると、希美から聞いた。

車中では一月のヨーコの個展の話題になった。中でもタテヨコ3×5メートルを超す作品四点で構成された茜雲四季は素晴らしく、季節ごとの夕景はその巨大さからも各メディアでモネの睡蓮に匹敵すると称えられた。絹布紙の一種を使い、移ろう茜の表情と季節ごとの雲の造形は、ヨーコの日本回帰と形容されもした。多田もイエローからの変化は予想外であり、作品集そのものを見直すことにもなった。しかし、世評のいうようにモネの色彩と比較するべきものではない。比較するべきは、モネが睡蓮の池に感じた時間そのものだと思った。作家でいえばマーク・ロスコに比肩されるべきだろう。作品に対峙して感じられる奥行きは、ロスコのものと同じだった。観る者に対して開かれているもの、それは何だろうと考えた。

門倉も、希美も、ヨーコの作品に対して、絵画が持つ圧倒的な力を感じたといった。

「ヨーコさん、引退するといってましたが、ホントですかね」と門倉が訊く。

「絵描きに引退はないよ、また描き始めるさ」

「ですよねぇ」

多田はそういいながらも、ヨーコは筆を断つかもしれないと思っていた。彼女と新作について話していたとき、それらが既に過去のものであるかのように語っていたからだ。あれだけのものを創り上げたら、何もかも空っぽになるに違いない。空蝉という言葉が思い浮かぶ。画家が描かないとは、死を意味するのではないか、と危ぶんだ。

午後の野川公園は遠くに園児たちが遊んでいるくらいで人影は少なかった。川辺の芝生にシートを敷いて、希美がこさえたという御重を重石のように真ん中に置いた。せっかくだからと、三人で「草上の昼食」のポーズを真似て写真を撮った。セルフタイマーにして、門倉が走ってくる。希美が「はい、マネをしてね」と笑った。凍らした日本酒を多田と希美が酌み交わし、門倉はトマトジュースを美味しそうに飲み、「ヨーコさんの夕焼けの色は、ヨーコさんの血が滲んでいたようだった」といった。盃も進み、重箱の中身も空になりかけていた頃だ。唐突だったが、門倉はコップを置くと、多田さんと希美は、なんで別れたのですかと訊いてくる。訊かれたとたん、多田はなぜ別れたのだろうかと、頭の中が真っ白になった。

「なぜだろう?」と多田が呟くと、それはね、と希美が答える。

「それはね、わたしがタダさんの愛を信じられなくなったから」

「じゃあ、門倉くんの愛は信じることができるのか?」と多田が尋ねる。

「カドちんの愛は、別に、信じる信じないじゃないし」と希美は答えた。

予想外の答えに、多田はええっと思わずシートに転がる。寝転んだ彼の視線の先に、調布飛行場へ向かうセスナが、春の空をゆっくりと横切って行った。


どんな出来事も、どのような作品も、一定の時間を経過し、一定の記憶の更新を繰り返すことで、ある正当性を与えられる。時間によって、記憶は整えられ、何らかの文脈に組み込まれて、無意識のうちに根拠付けが行われる。記憶に残るとは、歴史とは、そういうことなのかとも納得する。同時に、記憶の曖昧さ、歴史の偽善性とはそういうことでもあるのだ。物語は時間を養分として風化しながら姿を整える。多田は、記憶の砂が入ったコップをトントンと叩くと、記憶の砂がみしみしと詰まっていく様子を思い浮かべていた。果たして、記憶とは時間の重力に整えられて行くものなのか。コップを弾く指先は、果たして誰のものなのか。

様々な物議を醸し出したマネの「草上の昼食」は、後に、モネ、セザンヌ、ピカソらに同様の作品を描かせる。多田はゴーギャンにも影響を与えたと考え、その作品のタイトルは「我々はどこから来たのか、我々は何者か、我々はどこへ行くのか」。ゴーギャンは晩年、娘の死を知らされ、自殺を決意してこの作品を描いたという。絶望のうちに自分の居場所、自分の存在を確認するかのようなこの作品を思い返し、多田は再び足元にさわさわととり憑くような浮遊感を覚えた。

ゴーギャンも、ヨーコも、現も夢も境界を失ったかのような世界で、ただ一つ画布や絹本に筆を置く抵抗だけが頼りだったのではないか。多田は思った。わたしにそれはあるのだろうか、言葉を記述するときに、そんな抵抗を感じているのだろうか。

多田たちの草上のお花見も、ゴーギャンについての話題に花が咲き、三者三様の意見が出た。酔った多田が「我々はどこへ行くのか」と問うと、酔った希美は「あっち」とだけいった。

追記
エミール・ゾラはモチーフが問題となった「草上の昼食」について、こう書いた。「画家たちにとって主題とは、絵を描く上での単なる口実である。一方、大衆にとっては、主題だけが価値あるものとして存在しているのである」。主題とは言葉であり、文脈であり、文学なのだ。
同様にゾラの友人であるセザンヌもこう書いている。
「芸術に関する批評の評価は美学的予見によってよりも文学的な慣例に基づいている」「芸術家は芸術における文学を避けるべきである」

文学がなしえないことを絵画が実現できる。絵画がなしうることを絵画は追い求めるべきだろう。近代絵画とはその歴史だと思う。文学や他の芸術の方がより明快になしうるものを、絵画が追求してどうする、とセザンヌは忠告しているのだ。現在、アートは文学を含め余りに周囲に気を取られすぎている。アーティストも生活者なのだからしょうがないだろうが、アートという市場に右往左往されすぎてはいないか。といって、絵画と文学は無関係ではない。いとこ同士くらいの関係性はある。そこで、絵画と文学との関係を付記しておく。

フローベールが田舎暮らしの人妻の不倫を描いてセンセーションを起こした「ボヴァリー夫人」は1857年に出版された。このことはマネが一般女性と娼婦をモデルに描いた「草上の朝食」と「オランピア」を発表した1863年に明らかに繋がっている。さらに、これらは、1867年に出版された「資本論」に結びつき、産業革命、フランス革命を経てきた近代史の大いなる結実の一つとなったことに間違いはない。十九世紀から二十世紀へ、絵画と文学、思想と科学さえもが同じ空気を吸い、同じ脈を打ち、同じ歩調で歩いていた。

十九世紀以降、芸術は都市の発達に従うように熱を帯び膨張を続けてきた。だが、今世紀にかけて経済と情報のグローバリズムによって、何かがメルトダウンをして窯変してしまったのだ。現在、上海やドバイの風景が象徴的に物語るように、現代アートは形骸化した理論と幼児化した美と珍奇さ、多様化への無闇な賞賛に囚われてしまっている。作品が投機の対象となり、市場の大きさこそが美と価値の基準になってしまっている。美術、文学、思想、科学は断片化し、統一性を失った。企業が分裂とM&Aを繰り返すように、わずかな関係を見出し部分的な消滅と統合を見せるだけだ。

今日、歴史は明らかに老衰期を迎えている。だが、成熟という時間は、個人にはまだ見つけられる。個々における成熟の発見こそ、今日の批評の役割なのだろう。だが、残念ながら、じっくりと対峙して鑑賞できる作品が少なくなってしまった。批評に耐えうる作品が数えるほどしかなくなった。

美術批評の役割の一つとして、作品を通して、アートが実現できるもの、実現できるだろうもの、アートが追求できること、追求できるだろうことを明確にすることだ。だが、その肝心な作品が理屈と技術だけになってしまっているので、広がりを計り、深さを探ることができなくなった。言葉の領域では文学や哲学には敵わない。単純な図式、判りやすい文脈でしか語ることができないアートが溢れている。さらには、アート市場が作家に求めるものは、創造力ではなく独創性でもなく生産の持続力になってしまっている。そうだ、もう一度問わなくてはならない。

「我々はどこから来たのか、我々は何者か、我々はどこへ行くのか」

短歌集　日々の響

数うれば歌うより多し酩酊の
還らぬ日々に短歌切るなり

立ち止まり耳を塞いで目を閉じて
われ言の葉の柱となりぬ

◇独り

蹲り土の匂いを腹に溜め
墓穴から見る空の狭さよ

粉々に父は焼かれしこれよりは
骨壷ほどの寿命なりしか

歯噛みして震えるほどに独りきり
まっ暗闇の便器に座る

古釘を踏みし痛みに声も出ず
呪うは誰か吾しかおらず

まじまじと両の手のひら眺めいり
老いと悔いの深さを知るや

一人ずつ何の順序か友逝きて
残る身ひとつ影ふかまれり

◇夏

日傘持ちメールを返す新妻の
紫陽花ほどの乳房かなしき

朝顔の紫を染めしハンカチの
涙の痕は薄くなりけり

きみが着る洗いざらしのTシャツに
風がつくりし胸のふくらみ

八月の海に向いて何ならむ
血痕一つTシャツに染む

快楽は夕立のよう通り過ぎ
渇きだけ残る夏の黄昏

銀幕に幾万の恋燃え尽きて
線香花火で供養する宵

忘却のわが庭園に池を掘り
きみと掬いし金魚を放つ

雷鳴が遠くに去りし寝室に
皺だらけの週刊誌あり

太腿の小さき黒子忘れじと
浴衣の裾に夕風がふく

言い草は小指に下げし水風船
われて浴衣が濡れたゆえとか

汗ぬぐうきみの頸《うなじ》は透きとおり
夕立近し百日紅の花

蛞蝓の冷たき唇のぼりきて
磁器の白さに茜さしけり

すれ違う甘き香りに蘇る
身も竦むほど恥ずかしき過去

逝く夏にすがりつくのか蝉の声
あしただけだけあたしだけだけ

◇秋

揚力を教わりし日の放課後に
風に向かいて両手広げる

戯れにボタンのほつれ引き抜くと
ま白き胸に驚くやきみ

ケンカして疲れはてて眠りこむ
きみの瞼は何に震える

振り向けど別れの言葉いえぬまま
公孫樹並木は落葉止まず

かなうなら樅木よりも空高く
梢を揺らす風になりたい

定家へ
ひかり消え万物が無と帰したとき
想い起こすか花ともみじを

◇冬

一房のブロッコリーを壁に投げ
もう駄目なのと告げしあの女

幸せにすると誓いし口先と
小さき虫を潰す爪先

エアコンの吐息が漏れる午下り
覚めた悪意が殺意に変わる

軒先にかすかに揺れる蜘蛛の糸
夕日絡めて夜の飾り《フリル》に

自転車のライトが照らす模擬警官
落し物のマフラーを巻く

片ほうの靴下だけが溜まってる
テレビが消えた西日射す部屋

ぽっとりと飾り花から落ちた虫
虚空《そら》かく足で何を欲しがる

花よ咲け
嵐よこいと
女らは
口元を手で隠して笑う

和泉式部へ
黒髪の乱れも知らずうち臥せば
汝は背を向けてアイコスを吸う

◇春

翻るスカートに似た変節と
ひかりにとける紋白蝶と

オールしたぼやけた顔で登校し
アオゲバ歌って今日で卒業

泣きぬれて笑いころげて涙をふいて
あたしの人生そんでお終い

肩に散る花びら払う指先で
手首に浮かぶ血管を探る

鉛筆の芯折れし音宙に浮き
答案用紙に鳥影過《よ》ぎる

色は空
千々に言の葉散りぬるを
春の嵐に浅き夢みじ

西行へ
願わくは花の下にて春死なん
弔辞がわりにあいみょん歌って

◇恋

好きすぎて狂っちゃいそうどうしよう
ビールビンさえあんたに見える

引越しのゴミと一緒に捨てられた
二年の月日とあたしの写真

純アイはエッチの後に始まるの
教えてくれた年上の女

膝まづくきみの汗ばむ襟足に
破戒僧の劣情を抱く

とくとくとあいつはダメと説くあたし
そんなあたしはあたしじゃないよ

別れぎわ泣けばいいと思ってる
そうだよそれが女なんだよ

台風が来るたびに胸たかなりて
排卵日をそっと数える

世の中のどんな女も裏がある
裏の裏って表でしょ

好きなのはきみのすべてと告られて
そんな眉唾うのみにできるか

両腕を伸ばした長さで戸惑いぬ
きみを抱くか
きみを拒むか

◇シブヤ

不死鳥のタトゥー悲しき熱帯夜
センター街はどしゃぶりの雨

好きなだけグーで殴っていいからね
今日はふたりが出会った記念日

土下座していけしゃあしゃあと好きという
アホなあいつとはや七年目

ネイルして開店を待つイチマルキュー
吐くほどあるわ叶わぬ恋は

向い風恋情多情はためかせ
スクランブルを大股で行く

ＪＫの腕にシールの毛沢東
長征の果てマルキューに至る

ねぇセンセ赤裸々って着てるもの
何枚脱げばセキララなのよ

◇シンジュク

漫喫に忘れ去られしソポクレス
われと契らんたらちねの母

角氷ほおばりおもうザムザの死
女装して跳べ花園通り

振られても振られてもまた追いすがる
ツケマ取れても二丁目入る

朝ホスト自転車とばす歌舞伎町
ゴミの袋に白蘭の花

逝く逝くと夜かけ登る腕の中
鳥居の先に黄金の街

愛めぐり相めぐりて巡りあう
汝が絶頂に奇蹟見る夜

喉元の蠕動したる言葉らが
ぬるりと出でる三光町

鉄錆のザラつき刺さる掌は
掴むものなし非情階段

アフロディテなが誘惑の花吹雪
アルタ前から恋をはじめん

小野小町へ
いとせめて恋しき時は
むばたまの夜より暗き紅《ルージュ》をつけん

◇宙《そら》

この星の球形を抱き流るるは
海と風ときみへの想い

一点から生まれし宇宙そのかけら
一つは星に一つは君に

夢のまま量子の網に捕らえられ
死ぬも生きるもシュレディンガーの猫

光より速きものありアルバート
きみがイゼルに放つ恋

密やかにカミオカンデの闇に入る
何処から来るやニュートリノ

黒犬が見上げた空に皆既日食《エクリプス》
光は粒子それとも波動

万物の理論潰えて茹でたまご
ゆらり罅《ひび》いる銅鍋の宙《そら》

ぼくは在る
世界も在るし
きみもいる
やがてすべてが消え去るだろう

ぼくは無い
世界も無いし
きみも無い
やがてすべてが生まれるだろう

オルフェウスへ

夢枯れて喉枯れるまで歌うたえ
千々に切られて星座《スタア》とならん

桑原康一郎　1948 年　東京生まれ

短編 短歌

2024 年 10 月 11 日　第 1 刷発行

著　者　　桑原康一郎

発行人　　大杉　剛
発行所　　株式会社 風詠社
〒 553-0001　大阪市福島区海老江 5-2-2 大拓ビル 5 - 7 階
Tel 06（6136）8657　https://fueisha.com/
発売元　　株式会社 星雲社（共同出版社・流通責任出版社）
〒 112-0005　東京都文京区水道 1-3-30
Tel 03（3868）3275
装丁・デザイン　桑原康一郎
印刷・製本　シナノ印刷株式会社

ISBN978-4-434-34775-7 C0093